O Expresso de Tóquio

Seichō Matsumoto

O Expresso de Tóquio

tradução
Jefferson José Teixeira

todavia

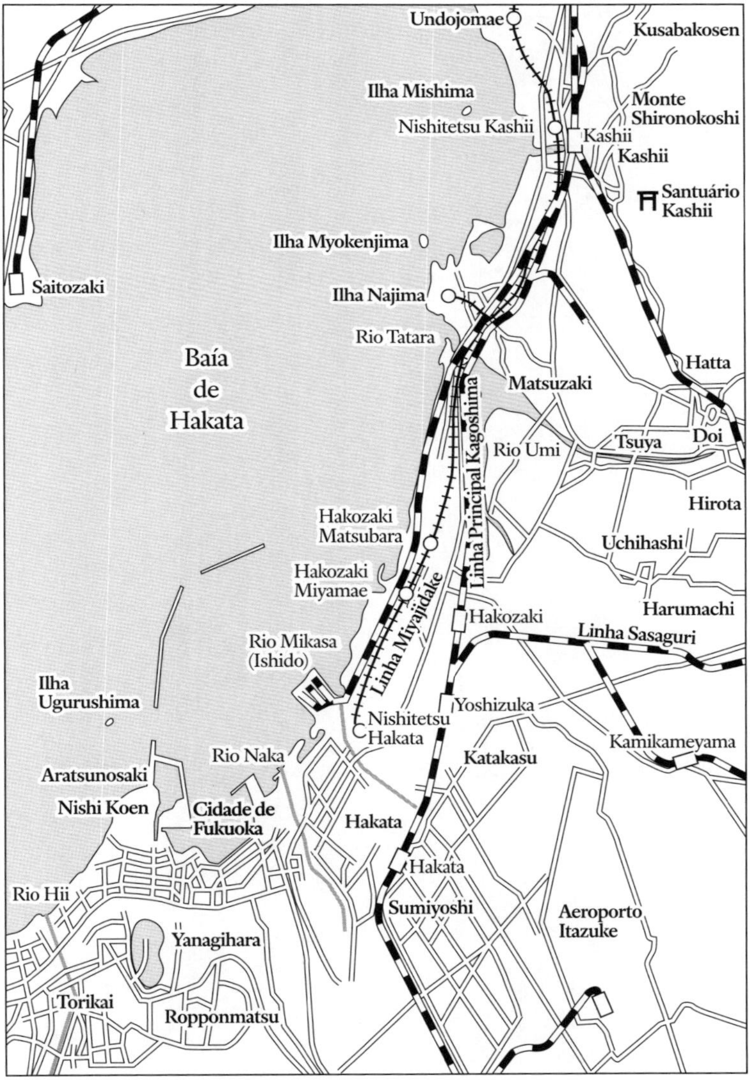

Região de Hakata, em Kyushu

I.
As testemunhas

I.

Na noite de 13 de janeiro, Tatsuo Yasuda convidou um cliente para jantar no Koyuki, um elegante restaurante localizado em Akasaka. O cliente era chefe de divisão em certo ministério.

Tatsuo Yasuda é presidente da empresa de máquinas e ferramentas Yasuda Shokai, que se expandiu nos últimos anos. Seu crescimento, dizem, se deveu ao fornecimento de produtos para muitos órgãos governamentais. É por essa razão que Yasuda costuma convidar clientes seletos para o Koyuki.

Yasuda frequenta bastante esse estabelecimento. O restaurante não está entre os melhores de sua especialidade, mas justamente por isso possui uma atmosfera calma e descontraída. Além disso, as garçonetes que servem as salas de tatame privativas são todas excelentes.

Yasuda é considerado um cliente VIP. Obviamente, é mão-aberta. Ele próprio reconhece que isso é uma "moeda de troca". E todos os seus clientes entram nessa conta. Porém, por mais íntimo que se tornasse das garçonetes, nunca comentava particularidades dos clientes que convidava para o restaurante.

Na realidade, desde o outono do ano passado ocorre um escândalo que tem como centro certo ministério. Inúmeras empresas fornecedoras parecem estar envolvidas. Por enquanto alguns oficiais de nível inferior estão implicados no caso, mas os jornais estimam que na primavera o escândalo possa resvalar nos quadros superiores.

Sob tais circunstâncias, Yasuda se tornou ainda mais cauteloso em relação aos clientes. Levou alguns deles sete ou oito vezes ao restaurante. As garçonetes os chamavam de "sr. Ko" ou "sr. U", apenas, não lhes sendo reveladas as reais identidades deles. Elas sabiam que a maioria dos clientes que Yasuda levava eram funcionários públicos. Mas eles não eram importantes. Quem gastava o dinheiro mesmo era Yasuda. Bastava ao Koyuki tratá-lo bem.

Tatsuo Yasuda tinha por volta de quarenta anos, testa larga e nariz bem definido. Sua pele era levemente pardacenta, os olhos eram meigos e as sobrancelhas espessas como se tivessem sido desenhadas. Sua personalidade franca era comum aos bons comerciantes. Fazia sucesso entre as garçonetes. Apesar disso, não tinha desejo de manter um relacionamento com nenhuma delas especificamente. Tratava todas com igual amabilidade.

Seu relacionamento com a garçonete encarregada, Otoki, que por acaso foi quem o atendeu em sua primeira visita ao restaurante, se restringia à cordialidade na sala de tatame, não parecendo ir além disso.

Otoki tinha vinte e seis anos, mas graças à sua beleza e à pele alva todos lhe dariam uns quatro a menos. Seus grandes olhos de pupilas pretas impressionavam os frequentadores do lugar. Quando um deles lhe dizia algo, sua fisionomia, com os olhos voltados para cima e sorridente, fazia a alegria do cliente. Ela devia saber dessa sua característica. Tinha o rosto ovalado, com um estreito espaço entre os lábios e o queixo, e um lindo perfil.

Era o que bastava para alguns clientes tentarem seduzi-la. As garçonetes chegavam às quatro da tarde e terminavam o trabalho após as onze da noite. Alguns esperavam sua saída para convidá-las para um encontro no vão sob a linha férrea na estação Shimbashi. Por ser o pedido de um frequentador do restaurante, elas não podiam recusar peremptoriamente. "Sim, claro", respondiam, mas acabavam deixando-os na mão inúmeras vezes. Faziam dessa forma para que eles entendessem, diziam.

— São lerdos para entender e ainda ficam irritados! Dia desses, na sala de tatame, um deles me encheu de beliscões!

Ainda sentada, Otoki levantou a aba do quimono deixando que as amigas entrevissem seu joelho. Sobre a pele alva via-se um hematoma azulado.

— Que tola você é. A culpa é sua de dar muita liberdade a eles — Tatsuo Yasuda comentou sem papas na língua, rindo enquanto bebia seu saquê. Em outras palavras, era um cliente com quem podiam se sentir despreocupadas.

— Falando nisso, o sr. Ya nunca tentou se engraçar conosco, não é mesmo? — a garçonete Yaeko falou.

— De nada adiantaria. Vocês apenas iriam me decepcionar.

— Como pode dizer algo assim? Ah, eu o conheço bem — Kaneko declarou zombeteira.

— Ei, ei. Não fale isso.

— É em vão, Kaneko — afirmou Otoki. — Nós todas somos apaixonadas pelo sr. Ya, mas ele não nos dá bola. Por isso, é melhor desistir logo, viu?

— Vai entender! — Kaneko soltou uma gargalhada.

Na realidade, como disse Otoki, as garçonetes do Koyuki se interessavam por Yasuda. Se ele se engraçasse com alguma delas, decerto seria levado a sério. Seu rosto e sua personalidade exerciam atração sobre as mulheres.

Por isso, nessa noite, após conduzir até a porta o funcionário de certo ministério, Yasuda voltou para a sala de tatame para beber e relaxar um pouco mais.

— Que acham de eu as convidar para comer fora amanhã? — propôs de repente, e Yaeko e Tomiko, ali presentes, aceitaram alegres, sem pestanejar.

— Ah, Otoki não está. Você deveria convidá-la também! — Tomiko sugeriu perscrutando a sala.

— Não! É melhor se forem só vocês duas. Vamos deixar para chamá-la em uma próxima oportunidade. Seria ruim muitas de vocês chegando tarde ao trabalho!

Realmente, as garçonetes precisavam entrar às quatro da tarde no restaurante. Se fossem jantar fora, se atrasariam. Lógico que seria desastroso se três delas se atrasassem para o trabalho.

— Então, venham amanhã, às 15h30, ao Levante, em Yurakucho! — Yasuda instruiu sorridente.

2.

Às 15h30 do dia seguinte, 14, quando Tomiko chegou ao Levante, Yasuda já estava sentado em uma mesa ao fundo tomando uma cerveja.

— Olá — cumprimentou ele, apontando para o assento em frente.

Era uma sensação diferente ver um cliente habitual em um lugar que não fosse o Koyuki. Tomiko se sentou com as faces ligeiramente coradas.

— Yaeko ainda não chegou?

— Daqui a pouco ela deve aparecer.

Sorridente, Yasuda pediu um café para Tomiko. Nem cinco minutos se passaram e Yaeko entrou no restaurante também estranhamente encabulada. Havia muitos casais nas mesas próximas e as duas se destacavam pelos quimonos, que revelavam sua profissão.

— O que vocês querem comer? Algum prato ocidental, tempurá, enguia, comida chinesa? — Yasuda elencou as opções.

— Prefiro comida ocidental — responderam as duas em uníssono. Elas pareciam cansadas da comida de todo dia no Koyuki.

Ao saírem do Levante, os três se dirigiram a Ginza. Naquele horário o bairro não estava tão cheio. Fazia um tempo bom, mas soprava um vento frio. Eles caminharam com vagar, dobrando uma esquina em Owaricho rumo à loja de departamentos Matsuzakaya. Contrastando com o burburinho das festas de final de ano duas semanas antes, Ginza estava bastante vazia.

— Estava uma loucura na noite de Natal, não? — as duas comentaram entre si logo atrás de Yasuda.

Yasuda galgou as escadas do Coq d'Or. O restaurante também estava praticamente vazio.

— Bem, peçam o que desejarem.

— Pode ser qualquer coisa.

Tanto Yaeko quanto Tomiko a princípio fizeram cerimônia, mas quando por fim o menu chegou começaram a se consultar uma à outra. Estava difícil tomarem uma decisão.

Yasuda deu uma espiada discreta no relógio. O gesto não passou despercebido a Yaeko.

— Ah, sr. Ya, você está com pressa?

— Não, não estou, mas preciso ir a Kamakura no final da tarde — respondeu cruzando as mãos sobre a mesa.

— Desculpe. Vamos decidir logo, Tomiko!

Assim, elas acabaram por fazer sua escolha.

A refeição começou com uma sopa e levou um bom tempo até o final. Os três conversaram sobre vários assuntos. Yasuda parecia alegre. Quando as frutas foram servidas, ele voltou a espiar o relógio.

— Deve estar na sua hora, não é?

— Não, ainda tenho algum tempo — respondeu. Porém, quando o café chegou, ele começou a mexer na abotoadura.

— Você precisa ir. Vamos, então — Yaeko propôs se levantando.

— Hum — Yasuda contraiu os olhos enquanto fumava um cigarro com ar pensativo. — Fico um pouco triste por nos despedirmos desta forma. O que acham de irem comigo até a estação de Tóquio para me ver partir? — sugeriu com uma expressão na qual não se discernia se falava a sério ou brincava.

As duas mulheres se entreolharam. Já estavam atrasadas para o trabalho. Se fossem até a estação de Tóquio chegariam ao Koyuki ainda mais tarde. Porém, embora nesse momento a expressão de Tatsuo Yasuda fosse casual, havia nela uma estranha gravidade. A ponto de as mulheres se questionarem se ele estava realmente triste. Além disso, elas se sentiriam mal se mostrassem indiferença após ele tê-las convidado para jantar.

— Claro, vamos com você — foi Tomiko quem primeiro confirmou com determinação. — Vou avisar o restaurante que chegaremos mais tarde — complementou e, se levantando, dirigiu-se para o local onde havia um telefone, voltando pouco depois, toda sorridente. — Tudo resolvido. Vamos nos despedir de você na estação.

— Desculpe-me por isso — disse Tatsuo Yasuda, e se levantou. Nesse momento, olhou mais uma vez o relógio de pulso. As mulheres acharam que ele checava muito o relógio.

— Qual é o horário do seu trem? — Yaeko perguntou.

— Vou pegar o das 18h12 ou o seguinte. Agora são 17h35. Vai ser perfeito se sairmos já.

Dizendo isso, Yasuda se apressou até o caixa para efetuar o pagamento.

O táxi chegou à estação em cinco minutos. Dentro do veículo, Yasuda se desculpou de novo pelo transtorno.

— Que nada. Isto é o mínimo que podemos fazer — Yaeko declarou.

— Com certeza — Tomiko acrescentou.

Ao chegar à estação, Yasuda comprou a passagem e entregou às duas os bilhetes de acesso à plataforma. Os trens da linha Yokosuka com destino a Kamakura partiriam da plataforma 13. O relógio da plataforma indicava faltar pouco para as 18h.

— Que ótimo. Deu tempo de pegar o das 18h12!

Porém, *o trem ainda não havia entrado* na plataforma 13. De pé, Yasuda observava as plataformas vizinhas, do lado sul. Eram as de números 14 e 15, das quais partiam os trens de longa distância. Nesse momento um deles aguardava na plataforma 15. Como não havia nenhum trem nas plataformas 13 e 14, ele podia ver claramente o da 15.

— Aquele é o expresso que vai até Hakata, em Kyushu! É o Asakaze — Yasuda informou às duas mulheres.

Os passageiros e seus acompanhantes que haviam ido se despedir deles se movimentavam em frente ao trem. Na plataforma oposta já se via a agitação de quando um trem está prestes a partir.

Foi então que Yasuda exclamou:

— Olhem, aquela não é a Otoki?

Surpresas, as duas mulheres viraram a cabeça. Elas concentraram o olhar na direção apontada por Yasuda.

— Nossa, é verdade. É a Otoki — Yaeko confirmou.

Com certeza era Otoki que caminhava em meio à multidão na plataforma 15. Pelos trajes e pela mala que carregava, sem dúvida era uma das passageiras prestes a embarcar no trem. Tomiko, vendo-a finalmente, exclamou:

— Quem diria, é mesmo a Otoki!

3.

Todavia, o que mais as surpreendeu foi o fato de Otoki estar conversando de um jeito amigável com o jovem ao seu lado. O rosto desse homem visto de perfil não lhes era familiar. Ele trajava um sobretudo de cor escura e trazia consigo uma maleta. Os dois, ora visíveis ora ocultos em meio à multidão de pessoas na plataforma, caminhavam em direção à traseira do trem.

— Nossa, aonde ela estará indo? — Yaeko perguntou numa voz entrecortada.

— Quem será aquele homem com ela? — Tomiko indagou numa voz rouca.

Ignorando estar sendo observada pelos três, Otoki caminhava junto ao seu suposto companheiro. Eles pararam por fim diante de um vagão, olharam o número e embarcaram, o homem primeiro, desaparecendo de vista.

— Otoki está saindo melhor do que a encomenda. Será que está indo com o namoradinho para Kyushu?

Yasuda era o único a sorrir.

As mulheres continuavam de pé feito duas estátuas. A expressão de surpresa permanecia no rosto delas. Estavam caladas e de olhos fixos no vagão no qual Otoki desaparecera de vista. Passageiros não paravam de passar diante delas.

— Aonde ela está indo? — perguntou Yaeko finalmente. — Se estão pegando um expresso, não deve ser um local perto.

— Você sabia que Otoki tinha namorado? — Tomiko indagou num tom contido.

— Não sabia. Que inusitado.

Elas falavam entre si em voz baixa, como se houvessem descoberto algo extraordinário.

A bem da verdade, nem Yaeko nem Tomiko conheciam muito bem a vida privada de Otoki. Ela é do tipo que não costuma falar sobre si. Não parece ser casada. Não aparenta sequer ter namorado e nunca circulam boatos sobre ela. Afinal, parece haver dois tipos de mulheres que trabalham em restaurantes: as que são um livro aberto para as colegas e as consultam, e as que se fecham em copas em relação a si mesmas. Otoki é das caladas.

Por isso, as duas mulheres ficaram chocadas ao descobrir por acaso uma faceta desconhecida da colega.

— Vou até lá olhar pela janela que tipo de homem ele é — Yaeko informou, toda animada.

— Deixe disso, deixe disso. Deixe os dois pra lá — Yasuda aconselhou.

— Está com ciúmes, sr. Ya?

— Por que estaria? Estou indo a Kamakura ver minha esposa — ele riu.

Nesse momento, o trem da linha Yokosuka entrou na plataforma. Por ser a de número 13, ele obliterou a visão da plataforma 15. Pesquisando mais tarde, descobriu-se que esse trem chegou à plataforma às 18h01.

Yasuda embarcou acenando uma das mãos. Faltavam onze minutos até a partida.

Ele pôs o rosto para fora da janela.

— Por favor, não esperem. Vocês devem estar atrasadas. Podem ir. Obrigado — agradeceu.

— Está bem — concordou Yaeko. Ela estava morrendo de vontade de correr até a plataforma 15 para ver Otoki e o tal homem.

— Então, sr. Ya, nos despedimos aqui.

— Faça uma boa viagem. Nos revemos em breve.

As duas mulheres apertaram a mão de Yasuda e se foram.

— Tomiko, o que acha de darmos uma espiada em Otoki? — convidou Yaeko enquanto as duas desciam as escadas.

— Acho melhor não — Tomiko replicou, mas no fundo parecia pensar o contrário.

As duas correram até a plataforma 15. Elas se aproximaram do vagão do expresso que deveria ser aquele em que o casal havia entrado e espiaram pela janela em meio às pessoas se despedindo. O interior do carro estava muito bem iluminado. A luz destacava vivamente Otoki, sentada ao lado do jovem rapaz.

— Eles estão conversando animados — Yaeko declarou.

— Que bonitão. Que idade deve ter? — Tomiko demonstrou interesse pelo homem.

— Uns 27 ou 28, talvez. Quem sabe 29? — Yaeko entrecerrou os olhos.

— Um pouco mais velho do que Otoki, não?

— O que acha de entrarmos para fazer troça deles?

— Nem pensar, Yaeko — Tomiko a dissuadiu da ideia.

Por um tempo, elas continuaram observando o casal.

— Bem, vamos embora. Está tarde! — Tomiko encorajou Yaeko, que persistia em olhar para eles.

Ao voltar para o Koyuki, as duas mulheres informaram o ocorrido à dona do estabelecimento. A senhora também pareceu surpresa.

— Nossa. É mesmo? Ontem Otoki me pediu folga de cinco ou seis dias para voltar para sua cidade, mas, nossa… com um homem? — falou de olhos arregalados.

— Deve ter sido uma desculpa. Ela contou que é natural de Akita, no norte.

— Quem diria, uma moça tão quietinha. Talvez estejam indo se divertir em Kyoto.

As três trocaram olhares.

Na noite seguinte, Yasuda apareceu de novo acompanhado de um cliente. Como sempre, após a pessoa partir, ele disse para Yaeko:

— E então? Imagino que Otoki esteja de folga hoje.

— Não só hoje. Pelo visto ela vai se ausentar por quase uma semana — Yaeko informou arqueando as sobrancelhas.

— Ah, e era uma viagem de lua de mel com aquele homem? — Yasuda perguntou afastando o copo de saquê da boca.

— Aparentemente, sim! É inacreditável.

— Por quê? Vocês deveriam imitá-la.

— Pobres de nós. E se você nos levar para viajar, sr. Ya?

— Eu? Impossível. Seria inviável levar todas vocês.

Tendo dito isso, Yasuda partiu, mas, talvez em função do seu trabalho, voltou com dois clientes na noite seguinte para beber.

Também nessa ocasião Tomiko e Yaeko o atenderam na sala de tatame e a conversa entre elas e Yasuda girou em torno de Otoki.

Todavia, algum tempo depois, Otoki e seu acompanhante foram encontrados mortos em um local inusitado.

2.
Duplo suicídio amoroso

I.

Saindo de Moji pela linha férrea principal Kagoshima, três paradas antes de chegar a Hakata, há uma pequena estação denominada Kashii. Descendo nela e seguindo em direção à montanha há o templo xintoísta Kashiinobu, considerado um antigo templo imperial, e na direção do mar chega-se à costa de onde se avista a baía de Hakata.

O local é agraciado com uma paisagem exuberante. Em frente se estende, como a cinta de um quimono, a longa restinga de Umi-no-nakamichi. No final dela, os montes da ilha Shikanoshima flutuam sobre o mar e, à esquerda, se vê a ilha de Nokonoshima envolta em névoa.

Essa costa é denominada laguna de Kashii. É a antiga enseada de Kashii. Otomonotabito, antigo governador de Dazaifu, ao visitar a região, compôs um poema, contido no tomo seis do *Manyoshu*, a mais antiga antologia de poemas do Japão.

Vamos todos à enseada de Kashii
Colher algas para o desjejum
Mesmo molhando as mangas de nossas imaculadas roupas!

Contudo, a crua realidade do mundo atual não foi capaz de compreender esse passatempo lírico dinástico. Por volta das 6h30 de uma fria manhã de 21 de janeiro, um trabalhador passava por essa beira-mar. Em vez de "colher algas para o desjejum", ele se encaminhava de casa para o trabalho em uma fábrica localizada em Najima.

A manhã começava a raiar. Uma névoa leitosa erguia-se ao largo. Nela distinguiam-se vagamente Shigajima e o Umi-no--nakamichi. A brisa fria carregava o cheiro da maresia. Levantando a gola do sobretudo, o trabalhador caminhava a passos rápidos e de cabeça baixa. Era um hábito diário dele, cortar caminho para o trabalho atravessando a praia repleta de rochas.

Todavia, algo incomum ocorrido ali quebraria sua rotina. Seus olhos abaixados o captaram. Sobre a superfície das rochas pretas havia dois objetos. Eram obstáculos indesejáveis em meio à paisagem familiar.

Os objetos jaziam friamente sob a luz pálida do início da manhã ainda sem a incidência dos raios solares. As barras das roupas que os cobriam se moviam sob a brisa fria. Não somente elas, como também os fios de cabelo. Os sapatos pretos e as meias brancas permaneciam imóveis.

A paz do trabalhador foi rompida e ele correu na direção oposta à que estava acostumado. Apressando-se rumo à cidade, bateu na porta de vidro de um posto policial.

— Tem cadáveres na praia.

— Cadáveres? — O policial que acabara de acordar ouvia a voz excitada do informante enquanto abotoava o casaco parecendo sentir frio.

— Sim. São dois. Um homem e uma mulher.

— Onde estão? — O policial arregalou os olhos ao saber do acontecimento tão cedo pela manhã.

— Logo ali, na praia. Venha comigo, eu lhe mostro.

— Espere um minuto.

Apesar de estar um pouco nervoso, o policial anotou nome e endereço do informante e telefonou para a delegacia de polícia de Kashii. Em seguida, os dois saíram às pressas do posto policial. Ambos exalavam um hálito branco em meio ao ar frio.

Ao chegarem à praia, os dois corpos continuavam estirados, expostos ao ar marinho. Uma vez acompanhado pelo policial, o trabalhador pôde observar com mais calma os cadáveres.

A mulher chamou mais sua atenção do que o homem. Deitada de costas, era possível ver claramente seu rosto. De olhos cerrados, a boca aberta exibia dentes alvos. A face estava rosada. Sob um casaco cinza de inverno, trajava um quimono marrom de gola branca um pouco folgada no pescoço. A vestimenta não estava nada amarfanhada. Era como se ela estivesse apenas dormindo bem-composta. Somente a barra do quimono se agitava ao sabor do vento, mostrando um forro amarelo. Meias impecáveis cobriam os pés perfeitamente alinhados. Bem ao seu lado havia sandálias zōri de plástico também cuidadosamente postas juntas.

O trabalhador voltou os olhos para o homem, cujo rosto estava virado de lado. Suas faces também estavam coradas como as de uma pessoa viva. Era como se tivesse adormecido após ter se embebedado. Suas calças marrons, à mostra sob a barra de um sobretudo azul-escuro, estavam esticadas, e os pés, calçados com sapatos pretos, aparentavam estar quase que casualmente estendidos. Bem engraxados, os sapatos reluziam lindamente. Podiam-se ver meias com listras azul-marinho e vermelhas.

Quase não havia espaço entre os dois corpos. Um pequeno caranguejo se arrastava por uma fresta entre as rochas. Ele tentava entrar na garrafa de suco de laranja caída ao lado do homem.

— É um caso de duplo suicídio amoroso — o velho policial anunciou, de pé, olhando os corpos. — Coitados, ainda tão jovens.

Aos poucos os arredores iam se revestindo das cores do dia.

2.

Quarenta minutos depois, atendendo a um chamado do posto policial de Kashii, o delegado de Fukuoka chegou de carro, acompanhado, entre outros, de dois assistentes, um médico-legista e um encarregado forense.

Depois de fotografar os corpos por diversos ângulos, o médico-legista, de baixa estatura, se agachou.

— Tanto o homem quanto a mulher tomaram cianeto de potássio — declarou. — Essa linda cor rosa nos rostos é característica. Devem ter bebido junto com o suco.

No fundo da garrafa caída via-se o resto de um líquido alaranjado.

— Doutor, há quanto tempo estão mortos? — o delegado, que tinha um bigodinho, perguntou.

— Somente saberemos depois de um exame cadavérico detalhado, mas eu calcularia umas dez horas.

— Dez horas — o delegado murmurou olhando ao redor. Fazendo os cálculos, teria sido entre 22h e 23h da noite anterior. Os olhos do delegado pareciam imaginar como fora a cena do duplo suicídio.

— Ambos beberam o cianeto ao mesmo tempo?

— Isso mesmo. Tomaram junto com o suco.

— Morreram em um local bem frio, não? — alguém declarou numa voz baixa, quase um sussurro, como se falasse para si mesmo. O médico ergueu o olhar para o dono da voz. Era um homem de seus quarenta e sete ou quarenta e oito anos, de aspecto inexpressivo, vestindo um sobretudo maltrapilho.

— Ah, Torigai! — o médico exclamou olhando o rosto enrugado do detetive. — Esse pensamento é próprio de quem está vivo. Tanto faz que faça frio ou calor no local da morte. Falando nisso, o suco não é a melhor bebida para o inverno, não? Além disso, eles... — O médico abriu um sorriso. — Eles não estariam num estado de espírito perverso? Um tipo de êxtase diferente de uma condição normal?

O uso de um linguajar literário pouco apropriado ao médico-legista de baixa estatura provocou risos entre os detetives.

— E também, é preciso determinação para se tomar veneno. Foi provavelmente devido a esse estado de espírito que desejaram morrer — o detetive-chefe comentou.

— Delegado, é possível que tenha sido um duplo suicídio forçado? — um detetive com um sotaque acentuado sugeriu.

— Dificilmente. As roupas não estão em desordem nem há indícios de luta. Eles parecem ter tomado o cianeto num pacto mútuo.

Ele tinha razão. O corpo da mulher jazia com compostura. Suas meias brancas aparentavam acabar de ter sido tiradas das sandálias zōri de plástico e arrumadas cuidadosamente ao lado. As mãos estavam entrelaçadas.

Agora que estava evidente se tratar de um duplo suicídio amoroso, a expressão no rosto dos detetives se descontraiu. Sentiam certa indolência por não haver um crime. Em outras palavras, por *não precisarem* investigar um criminoso.

Os dois corpos foram levados ao posto policial em uma caminhonete. Os detetives também entraram no veículo encolhendo os ombros de frio. Livre desses elementos inconvenientes, a baía de Kashii voltou a ficar pacífica, banhada pela tênue luz solar matinal e varrida pela brisa.

Chegando ao posto policial, os corpos foram analisados meticulosamente. Fotos foram tiradas de cada peça de roupa, removidas uma a uma.

Uma carteira pequena foi retirada do bolso do casaco do homem. Isso permitiu confirmarem sua identidade. Ela servia também para guardar um passe de trem, que cobria o trajeto entre Asagaya e Tóquio. Kenichi Sayama, trinta e um anos. O cartão de visita fornecia mais detalhes. Ao lado do nome havia seu cargo: "Chefe de divisão adjunto, Divisão XX, Secretaria XX, Ministério XX". À esquerda constava seu endereço residencial.

Os detetives se entreolharam. A Divisão XX do Ministério XX estava envolvida em certo caso de corrupção sob investigação, e reportagens sobre esse fato apareciam quase todos os dias nos jornais.

— Deixaram alguma carta de adeus? — o delegado perguntou.

Procuraram por uma carta com cuidado. Porém, não havia nada parecido nos bolsos. Somente cerca de dez mil ienes em notas, um lenço, uma calçadeira, o jornal da véspera dobrado e um recibo amassado do restaurante do trem.

— Um recibo do restaurante do trem? Algo estranho para ele estar carregando, não?

O delegado pegou o recibo e cuidadosamente o desamassou. Ele parecia ter sido deixado no fundo do bolso e estava danificado.

— Datado de 14 de janeiro, trem número 7, uma pessoa, total 340 ienes. Emitido pela Nippon Shokudo de Tóquio. Não consta o que ele consumiu — o delegado leu o conteúdo do recibo.

3.

— Identificaram a mulher?

Dentro da carteira dobrável contendo oito mil ienes, havia também quatro ou cinco cartões de visita soltos.

"Otoki. Restaurante Koyuki, Akasaka, Tóquio."

Era isso que constava em letras semicursivas no cartão.

— Seu nome deve ser Otoki. Parece ser garçonete do restaurante Koyuki em Akasaka — concluiu o delegado. — Um suicídio duplo de um funcionário do governo e uma garçonete de restaurante. Algo bastante provável — acrescentou.

Depois, ordenou que telegramas fossem enviados para os endereços constantes nos cartões de visita dos dois.

Os corpos foram examinados ainda mais minuciosamente pelo médico-legista. Não havia ferimentos externos. A causa mortis de ambos fora envenenamento por ingestão de cianeto. O horário provável da morte seria entre as 21h e as 23h da noite anterior.

— Sendo assim, eles passearam pela praia nesse horário antes do suicídio — alguém observou. — Deviam estar muito relutantes em se despedir deste mundo.

Contudo, o exame cadavérico não identificou sinais de relações sexuais pouco antes da morte. Os detetives se surpreenderam ao serem informados disso. Um deles comentou que eles morreram "bastante puros". A causa mortis de ambos foi confirmada como envenenamento por cianeto.

— Parecem ter partido de Tóquio no dia 14 — declarou o delegado vendo a data no recibo do restaurante do trem. — Como hoje é dia 21, foi uma semana atrás. Devem ter se divertido em algum lugar antes de vir para Fukuoka, que elegeram como o local de sua morte. Contate a estação para saber que trem número 7 é esse.

Um detetive fez uma ligação e logo informou:

— Disseram que é um trem expresso que parte de Tóquio com destino a Hakata. É o Asakaze.

— Um trem expresso até Hakata? — o delegado repetiu inclinando a cabeça. — Então eles devem ter vindo direto de Tóquio até Hakata. Provavelmente ficaram uma semana em Fukuoka ou vaguearam por outros locais em Kyushu. Eles tinham bagagem, precisamos procurar por ela. Levem as fotos e busquem nas estalagens na cidade — ordenou aos detetives.

— Delegado, posso dar uma olhada nesse recibo? — um dos detetives pediu, dando um passo à frente.

Quem fez o pedido foi o homem magro de tez parda, com grandes olhos e a barba por fazer. Ele estivera com o grupo na baía de Kashii quando os cadáveres foram descobertos. Seu paletó estava gasto, a aparência, maltrapilha. A gravata bastante usada estava torcida. Era Jutaro Torigai, detetive veterano de meia-idade.

Torigai desdobrou o recibo com seus dedos finos e não muito limpos.

— Uma pessoa? Pelo visto, o homem fez sua refeição sozinho no restaurante — disse como se falasse para si.

— Meu caro, a mulher não devia estar com fome e por isso não o acompanhou ao restaurante! — o delegado disse num tom de reprovação.

— Porém... — Torigai gaguejou.

— Porém o quê?

— Bem, sabe, delegado. As mulheres têm um apetite insaciável. Mesmo quando estão sem fome, se seu companheiro vai comer, elas o acompanham! Nem que seja apenas para beliscar um pudim ou tomar um café.

O delegado desatou a rir.

— Talvez seja de fato assim. Mas não temos como saber se essa mulher estava tão cheia a ponto de não conseguir acompanhar seu parceiro — ele falou num tom irônico.

Torigai parecia querer dizer algo, mas se calou e pôs seu velho chapéu de aba torta. O objeto parecia acentuar o seu aspecto. Ele se foi arrastando os sapatos de saltos gastos.

A atmosfera do recinto se tornou estranhamente trivial e vazia após a saída dos detetives. Os poucos mais jovens que permaneceram acenderam o braseiro e por vezes levaram chá para o delegado.

A tarde passou dessa forma, e quando os raios solares que se infiltravam pela janela se tornaram mais débeis, ouviu-se o barulho de muitos passos entrando no local.

Não eram os detetives de volta, mas repórteres.

— Delegado, soubemos que o chefe de divisão adjunto Sayama, do Ministério XX, cometeu suicídio. Acabamos de receber a informação de nossa matriz em Tóquio e viemos correndo! — gritavam excitados.

Pelo visto, as empresas jornalísticas da capital tomaram conhecimento do fato por telegramas enviados pela manhã pela polícia e informaram de imediato suas sucursais em Fukuoka.

4.

Na manhã seguinte, o duplo suicídio amoroso envolvendo Kenichi Sayama, chefe de divisão adjunto do Ministério XX, estampava as manchetes dos jornais. Dois dos periódicos de maior circulação no Japão, impressos em Kokura e Moji, ao lado de outros influentes jornais locais, deram grande destaque para a notícia. Não era um mero caso de suicídio. Ele estava ligado ao caso de corrupção em curso no Ministério XX. Todos os jornais consideravam que a morte de Sayama estava relacionada ao caso de corrupção. Os artigos mencionavam que o Ministério Público de Tóquio não previa intimar Sayama a depor. Contudo, um deles especulava ser imprescindível investigá-lo como testemunha principal e sugeria que ele teria cometido o suicídio junto com a amante como forma de evitar a escalada do caso para as esferas superiores.

Havia uma pilha desses jornais em um canto da mesa do delegado. Ele examinava o conteúdo de uma maleta de couro.

Os detetives haviam vasculhado as estalagens da cidade de Fukuoka entre o meio-dia e a meia-noite do dia anterior e um deles encontrara a bagagem; pela manhã, a apresentou ao delegado tão logo chegou para trabalhar. Esse jovem detetive descobrira que o homem havia se hospedado em uma estalagem chamada Tanbaya, conforme testemunho do proprietário ao ver a foto apresentada. No livro de registro de hóspedes constava "Taizo Sugawara, 32 anos, funcionário de empresa, residente no número 26 de Minaminakadori, cidade de Fujisawa". Ele se hospedara sozinho na noite do dia 15 e partira na noite do dia 20 após pagar a conta. Deixara a mala anunciando que voltaria mais tarde para buscá-la.

Nesse momento, o conteúdo da mala foi examinado minuciosamente, mas havia somente coisas triviais como artigos de higiene pessoal, camisas sociais, roupas de baixo e algumas revistas de entretenimento talvez compradas dentro do trem, e não foi encontrado nenhum caderno ou algo semelhante a uma caderneta de anotações.

Concluído o exame, o delegado voltou-se para o jovem detetive que trouxera a mala.

— Hein? Quer dizer que o homem se hospedou sozinho? — perguntou.

— Sim, foi o que me informaram — o jovem detetive respondeu.

— Hum, isso é estranho. Onde estaria a mulher? Nesse meio-tempo ela deve ter ido a algum lugar. A noite do dia 15 foi quando eles chegaram a Hakata de Tóquio pelo expresso Asakaze. Isso significa que nos seis dias até a noite do dia 20 esse homem se hospedou sozinho?

— Disseram que ficou sozinho e não saiu para lugar algum.

— Nesse meio-tempo a mulher não o visitou?

— Não, ninguém veio.

Enquanto entabulavam conversa, Jutaro Torigai discretamente se afastou. Pegou seu velho chapéu e, a passos silenciosos, se retirou da sala.

Na rua, pegou um bonde. Observou indistintamente a paisagem passando através da janela, do outro lado da rua. Pouco depois, desceu na sua parada. Seus movimentos eram semelhantes ao de um homem muito mais velho.

Dobrou várias esquinas. Caminhava com vagar. Chegou a um edifício e calmamente leu no alto a placa "Tanbaya". Ao entrar avistou um corredor bem polido que levava até o saguão.

O recepcionista saiu de trás do balcão. Seu corpo enrijeceu ao ver o distintivo do policial.

Depois de reconfirmar os fatos informados pelo jovem detetive ao delegado, Jutaro Torigai indagou com um sorriso que formava rugas em suas bochechas ásperas.

— Como ele parecia estar quando chegou?

— Bem, ele tinha o ar exausto e depois de jantar foi logo se deitar — o recepcionista respondeu.

— Ele devia estar muito entediado sem sair nenhum dia. O que ele fazia?

— Ele quase não solicitava a arrumadeira, apenas lia livros e descansava. Falando nisso, ela o achou um hóspede soturno. Parecia esperar por um telefonema a qualquer momento.

— Telefonema? — Os grandes olhos de Torigai cintilaram.

— Isso. Ele chegou a informar à arrumadeira e a mim que aguardava uma ligação. Pediu para transferi-la assim que a recebêssemos. Talvez por isso permanecesse aqui diariamente.

— Talvez — Torigai concordou. — E a ligação veio?

— Sim, eu a atendi. Foi por volta das 20h do dia 20. Uma voz feminina me pediu para chamar o hóspede Sugawara.

— Voz feminina. E pediu para chamar Sugawara, e não Sayama?

— Isso mesmo. Como eu sabia que o hóspede esperara ansioso todos os dias pelo telefonema, passei de imediato a ligação para seu quarto. Ah, sim, temos uma central telefônica para transferir os telefonemas para as extensões em todos os quartos.

— E você ouviu o que conversaram?

O recepcionista sorriu discretamente.

— Não é nosso hábito bisbilhotar as conversas telefônicas de nossos hóspedes.

Torigai suspirou desapontado.

— O que aconteceu depois disso?

— A conversa durou apenas um minuto. Ao terminar, o hóspede solicitou a conta, pagou, pediu para guardarmos sua mala e partiu. Nunca poderíamos imaginar que ele cometeria suicídio.

Jutaro Torigai acariciou o queixo barbudo, pensativo.

O chefe de divisão adjunto Sayama havia esperado ansioso durante uma semana na estalagem a ligação da mulher. E na noite em que finalmente recebeu o telefonema, logo cometeu suicídio. É uma história bastante estranha!

Ainda estava vívida em sua mente a imagem do recibo para "uma pessoa" do restaurante do trem.

— Sayama esperou na estalagem pela vinda da mulher. Por que ele precisou aguardar por uma semana inteira pela sua parceira de suicídio? — murmurou.

3.
As duas estações em Kashii

I.

Jutaro Torigai voltou para casa por volta das 19h. Apesar da porta de entrada fazer barulho ao ser aberta, ninguém apareceu. Ele tirou os sapatos no estreito hall de entrada, de onde ouviu a voz da esposa vindo do outro lado da porta de correr.

— Boa noite. A água da banheira está quente!

Isso significava que ela desejava que ele fosse tomar seu banho antes do jantar.

Quando ele abriu a porta de correr, a esposa estava guardando a peça que tricotava. Sobre a mesa de jantar estava estendida uma toalha branca.

— Eu e Sumiko já jantamos. Imaginamos que você chegaria mais tarde. Ela saiu dizendo que ia ao cinema com Nitta. Bem, vá tomar seu banho.

Torigai se despiu em silêncio. O forro das peças surradas estava quase rasgando. A roupa estava suja e a areia acumulada nas dobras da calça caiu sobre o tatame. Era como se o cansaço de ter andado o dia inteiro tombasse sem ruído.

Devido ao trabalho, ele sempre chegava em casa em horários irregulares. Quando não voltava até as 18h30, a esposa e a filha acabavam jantando sem ele. Sumiko era o nome da filha, e Nitta era o homem com quem ela se casaria em breve. Os dois tinham ido assistir a um filme e a esposa estava sozinha em casa.

Como de costume, Torigai tomou seu banho em silêncio. A banheira era no velho estilo Goemon, aquecida por baixo.

— Como está a temperatura da água? — a esposa perguntou.

— Está perfeita! — Torigai respondeu num tom de voz que denotava aborrecimento.

Ele não parecia disposto a conversar. Tinha o hábito de se entregar a reflexões enquanto estava imerso na água quente da banheira.

Ele pensava sobre o duplo suicídio da véspera. Que circunstâncias teriam levado o casal a se suicidar? Talvez acabassem descobrindo, porque as famílias em Tóquio haviam mandado telegramas avisando que viriam retirar os corpos. Os jornais noticiavam que o chefe de divisão adjunto Sayama estava seriamente envolvido no caso de corrupção do Ministério XX, que estava sendo investigado e que sua morte representava um alívio para pessoas do alto escalão. Sayama parecia ser um homem tímido e de boa índole. Também segundo os jornais, Sayama e Otoki mantinham um relacionamento profundo e ele sofria com esse envolvimento ilícito. Se fosse isso, Sayama teria resolvido dois problemas a um só tempo: o escândalo ministerial e seu relacionamento amoroso. Não, nesse caso, seria possível imaginar que a angústia com o escândalo tivesse sido a motivação direta, e a mulher servira como empurrão para conduzi-lo à morte.

Ainda assim...

Torigai pensou enquanto jogava água no rosto.

Embora tenham chegado à estação de Hakata juntos no Asakaze, a mulher deixou Sayama sozinho na estalagem e partiu para algum lugar. Sayama entrou na estalagem Tanbaya na noite do dia 15. De acordo com o recibo do restaurante do trem retirado de seu bolso, esse foi sem sombra de dúvida o dia de sua chegada a Hakata, por isso ele foi sozinho diretamente para a estalagem. Nesse momento a mulher não o acompanhava. Durante cinco dias, entre 15 e 20, Sayama esperou impacientemente o contato dela. Aonde teria ido Otoki nesse meio-tempo?

Torigai enxugou o rosto com a toalha.

O fato de Sayama ter passado todos os dias na estalagem à espera da ligação, sem colocar os pés para fora, demonstra o quanto ela era importante para ele. O telefonema tão aguardado chegou com uma voz feminina às 20h do dia 20. Seria Otoki? Afinal, a pessoa pediu ao atendente para chamar Sugawara, e não Sayama. Decerto os dois haviam combinado usar esse nome falso. Bem, após receber a ligação, ele partiu logo, como se estivesse apenas esperando por ela. Nessa noite, ele foi até a praia de Kashii, onde cometeu suicídio juntamente com a mulher. Como tinham acabado de se reencontrar, eles bem podiam ter aproveitado mais a companhia um do outro.

Torigai saiu de dentro da banheira, mas, em vez de se ensaboar, sentou-se pensativo, deixando o corpo esfriar.

Teria havido alguma circunstância que os impediu de aproveitar mais suas últimas horas de felicidade? Se sim, qual? A propósito, eles não deixaram cartas de adeus. Todavia, isso não é algo tão significativo. Em geral, jovens costumam redigi-las antes de se matar, ao contrário da maioria das pessoas de meia-idade ou mais velhas. Aparentemente os que não escrevem têm motivos prementes para se matar. Sobretudo no caso de Sayama, ele deve ter esquecido por completo de deixar uma carta de adeus. Otoki acabou seguindo seu exemplo e tampouco escreveu. Foi esse tipo de duplo suicídio amoroso. Ah, sim, não há dúvida de que foi um duplo suicídio amoroso...

Torigai se deu conta de que seu corpo esfriara e entrou de novo na banheira.

Porém, continuo sem entender por que aquele recibo do restaurante do trem era para uma pessoa. Talvez eu esteja dando demasiada importância a isso.

— Querido, ainda vai demorar muito? — a voz da esposa se fez ouvir.

2.

Jutaro Torigai sentou-se à mesa de jantar com o rosto corado do banho. Apreciava passar muito tempo à noite tomando algumas doses de saquê. Em cima da mesa havia alguns petiscos como ouriço-do-mar, sashimi de lula e bacalhau seco. Ele estava cansado de tanto andar durante o dia. O saquê estava delicioso.

A esposa agora costurava um quimono. Por ser em um padrão vermelho vívido, sem dúvida era para a filha, prestes a casar. Ela parecia concentrada no trabalho.

— Oi! Arroz — ele falou ao terminar de beber.

— Sim — a esposa anuiu.

Ela deixou de lado a costura para servir o marido, e logo voltou. Enquanto cosia esperava Torigai lhe pedir uma nova porção de arroz.

— Que tal você me fazer companhia, mesmo que seja apenas tomando um chá? — ele propôs.

— Não, não estou com vontade — ela respondeu sem erguer o rosto.

Enquanto comia, Torigai observava atentamente a esposa. Ela envelhecera. Quando se chega a essa idade, mesmo o marido estando à mesa jantando, as mulheres parecem não ter vontade de lhe fazer companhia tomando chá. Ele mastigou um picles e sorveu o chá amarelo de sua xícara.

Nesse momento, a filha retornou. Ela ainda tinha uma expressão de radiante satisfação no rosto. Estava entusiasmada.

— Cadê o Nitta? — a esposa perguntou.

— Ele me trouxe até aqui e voltou para casa — respondeu enquanto tirava o casaco e se sentava. Seu jeito de falar irradiava felicidade.

Torigai desistiu de ler o jornal e se virou para a filha.

— Diga-me uma coisa, Sumiko. Na volta do cinema, você e o Nitta pararam em algum lugar para tomar um chá?

A filha desatou a rir.

— Pai, que pergunta sem pé nem cabeça. Sim, na realidade, tomamos.

— Entendo. Nesse caso... — ele começou a expressar o que lhe passava na cabeça. — Digamos, por exemplo, que Nitta esteja com fome e queira comer algo. Você está com o estômago cheio e não aguenta mais nada...

— Que conversa esquisita.

— Apenas escute. Se Nitta dissesse para você: "Então, eu vou sozinho comer algo. Enquanto isso me espere olhando as vitrines das lojas", você aceitaria tranquilamente?

— Hum... — a filha murmurou pensando um pouco. — Eu provavelmente o acompanharia ao restaurante. Seria tedioso para ele comer sozinho.

— É mesmo? Ainda que não estivesse com vontade de tomar um chá?

— Claro! Mesmo nessas horas eu quero estar ao lado de Nitta. Se não puder comer nada, posso lhe fazer companhia pedindo um café ou algo assim.

O pai concordou. Era como ele imaginava.

A esposa, que até então ouvia costurando calada, desatou a rir.

— Querido, que pergunta é essa?

— Cale-se! — Torigai subiu o tom, ainda chateado pela esposa não ter aceitado lhe fazer companhia tomando um chá.

— Isso porque você se sentiria mal em relação ao Nitta, correto?

— Isso. É mais uma questão de amor do que de apetite — a filha respondeu.

— Entendi. Claro.

Ele considerou perfeitas as palavras da filha. Ela conseguira resumir da forma adequada o seu entendimento. A questão era mais de amor do que de apetite. Isso. Esse era o ponto.

Torigai parecia obcecado pelo recibo para "uma pessoa" do restaurante do trem, era justamente nele que residiam suas vagas suspeitas. Um homem e uma mulher vão até a distante ilha de Kyushu para cometer um duplo suicídio. O amor entre eles deve ser mais intenso do que o dos amantes em geral. Eles estão no trem. Mesmo que a mulher não esteja com vontade de comer algo, se o homem vai ao vagão-restaurante, é natural que ela o acompanhe, ainda que tome apenas um café com ele. Seus assentos haviam sido reservados, portanto podiam se ausentar deles sem se preocupar em perdê-los para outras pessoas. Ou a mulher, preocupada com a bagagem, teria ficado para trás por precaução, para vigiá-la? Porém, Torigai não supunha que tivesse acontecido algo do tipo. Não podia deixar de sentir algo incoerente entre Sayama e essa mulher chamada Otoki.

Essa incoerência era a estranha relação de ambos desde o momento em que haviam chegado a Hakata. A mulher partira para outro lugar, deixando Sayama sozinho durante cinco dias na estalagem. No quinto dia ela tinha ligado para ele e, logo nessa mesma noite, haviam decidido cometer o duplo suicídio. O comportamento de Otoki não parecia o de alguém propenso a um suicídio amoroso. Devia haver algo mais.

Porém, os dois corpos lado a lado na praia em Kashii indubitavelmente indicavam um duplo suicídio amoroso. Ele verificara o local com seus próprios olhos. Não havia sombra de dúvida.

Eu estaria apenas dando asas à minha imaginação?

Jutaro Torigai pensou enquanto fumava com uma expressão soturna.

3.

No dia seguinte, pessoas provenientes de Tóquio chegaram a Fukuoka para retirar os corpos. Os cadáveres estavam guardados no necrotério do hospital desde a conclusão da autópsia.

A pessoa a retirar o corpo de Kenichi Sayama foi seu irmão mais velho, por volta dos quarenta anos, usando barba, corpulento e de boa aparência. Entregou a um policial seu cartão de visita, que indicava que ele era o gerente-geral de uma agência de certo banco.

No caso de Otoki, duas mulheres apareceram para a retirada do corpo, uma delas uma senhora de sessenta anos de idade, que se apresentou como sua mãe, a outra, uma jovem de seus vinte e sete ou vinte e oito anos, de estilo refinado. Ela disse que se chamava Tomiko e servia as mesas das salas de tatame do Koyuki, restaurante de Akasaka onde Otoki também trabalhava.

A propósito, algo estranho ocorreu. Esses membros das duas famílias se ignoraram mutuamente. Apesar de estarem sempre juntos na sala de investigação do posto policial e na sala de espera do hospital, desviavam o olhar uns dos outros. Quem criou esse ambiente tenso foi o irmão de Sayama, o gerente-geral da agência bancária. Ele olhava as duas mulheres com ódio e mantinha o tempo todo uma expressão grave. Parecia achar ambas abomináveis, ignominiosas. As duas se viram totalmente desamparadas. Elas se acautelaram, amedrontadas pelo olhar do irmão de Sayama.

Isso ficou aparente quando os três foram interrogados pelo delegado.

— Você saberia dizer que circunstâncias levaram seu irmão a se suicidar?

Ao ser perguntado, o gerente-geral barbudo respondeu num tom pretensioso.

— Estou envergonhado com esse ato deplorável de meu irmão. Os jornais sugerem várias causas para sua morte, mas eu não conheço nada desses órgãos do governo. Ignoro, claro, se ele teria se suicidado para proteger seus chefes no escândalo de corrupção. Da última vez que nos encontramos, cerca de três semanas atrás, ele estava bastante abatido. Ele é do tipo introvertido e na ocasião não comentou nada sobre o caso. A esposa dele morreu há três anos e as pessoas sempre cogitavam se ele se casaria de novo. Porém, meu irmão não parecia disposto a isso e as conversas nesse sentido não avançavam. Só ficamos sabendo que ele tinha um relacionamento com essa mulher quando esse incidente aconteceu. Meu irmão tem um temperamento sério. Antes de vir, um amigo íntimo dele me contou que ele sofria bastante por causa dela. Que idiota. Lamento que não tenha me procurado para desabafar caso tivesse esse tipo de problema. Sinto pena porque a mulher era garçonete em um restaurante de Akasaka. Se fosse uma moça mais respeitável eu até aceitaria, mas isso é demais para mim. Meu irmãozinho, que provavelmente nunca havia se relacionado com mulheres como a garçonete, com certeza ficou à mercê desse tipo astuto e cedeu aos seus pedidos insistentes para cometer um duplo suicídio. Ela devia ter problemas que a pressionavam a se matar e acabou levando junto meu irmão. Ele tinha um futuro brilhante pela frente e só posso odiar essa mulher por tê-lo destruído.

O gerente-geral parecia direcionar seu ódio às duas mulheres que haviam ido retirar o corpo de Otoki. Ele não apenas se recusava a lhes dirigir a palavra como aparentava estar propenso, quando não houvesse ninguém ao redor e sem se importar com as aparências, a xingá-las ou socá-las.

A mãe de Otoki respondeu da seguinte forma à pergunta do delegado.

— O nome verdadeiro de Otoki era Hideko Kuwayama. Somos da zona rural de Akita e fomos agricultores por muitas gerações. Ela se casou uma vez, mas não teve sorte com o marido e, depois de se separar dele, foi trabalhar em Tóquio. Ela parece ter passado por alguns restaurantes antes de se empregar no Koyuki, mas como ela só nos mandava notícias poucas vezes por ano, desconhecíamos por completo o tipo de vida que levava. Seja como for, eu tenho cinco filhos além dela e, embora me preocupasse, não tinha tempo para me dedicar muito a ela. Quando o pessoal do Koyuki me informou do ocorrido por telegrama, vim voando, mas sinto muita pena dela.

A velha senhora não disse isso de uma só vez, mas numa fala titubeante. Seu rosto era bastante enrugado para a idade e tinha a borda das pálpebras avermelhadas como se tivesse contraído alguma doença ocular.

Tomiko, a garçonete do Koyuki, relatou o seguinte.

— Eu e Otoki éramos melhores amigas, por isso, a pedido da dona do Koyuki, vim representando todos do restaurante. Otoki ingressou no estabelecimento apenas três anos atrás, mas com seu jeito todo especial de tratar os clientes nas salas de tatame ela era amada por todos eles. Porém, não parecia haver nenhum cliente em particular que fosse mais próximo com quem ela se relacionasse fora do restaurante. Otoki tinha um caráter firme e não era do tipo que gostava de falar muito sobre si, e mesmo eu, que tinha boa relação com ela, não conhecia bem sua vida privada. Contudo, nunca ouvi rumores sobre ela. Por isso, foi uma total surpresa para nós esse duplo suicídio. Todos no restaurante, a começar pela dona, ficaram estupefatos se perguntando quando ela se envolveu tão profundamente com essa pessoa. Não conheço esse homem chamado Sayama. Vi uma foto dele nos jornais, mas nem a dona nem o pessoal do restaurante se lembrava de tê-lo visto; aparentemente não era nosso cliente. Porém, eu e Yaeko vimos Otoki acompanhada desse homem na estação de Tóquio. Yaeko é garçonete do Koyuki e minha amiga.

— Vocês os viram? O que isso significa? — o delegado inquiriu.

— Foi no final da tarde do dia 14. Temos um cliente regular do restaurante chamado Yasuda. Eu e Yaeko fomos até a plataforma da estação de Tóquio para nos despedirmos dele quando por acaso vimos Otoki e esse homem tomando um trem expresso. Estávamos na plataforma 13, mas sem nenhum outro trem impedindo a visão era possível enxergar dali a plataforma 15. Nós também só percebemos porque o sr. Yasuda perguntou "Olhem, aquela não é a Otoki?". Ela e esse homem caminhavam juntos pela plataforma e vimos com certeza quando pegaram o trem expresso com destino a Kyushu. Ficamos surpresas. Otoki estava viajando de trem acompanhada. Senti que algo estranho estava acontecendo. Em seguida, curiosas por sentirmos haver descoberto um segredo de Otoki, depois de nos despedirmos do sr. Yasuda, corremos, eu e Yaeko, até a plataforma 15 e espiamos pela janela do trem expresso. Otoki estava sentada no assento ao lado desse homem e conversava com ele animadamente. Ficamos atônitas.

— E vocês não falaram com ela?

— Os dois estavam partindo numa prazerosa viagem secreta. Achamos por bem não incomodá-los e fomos embora sem dizer nada. O rosto do homem era com certeza o desse Sayama retratado nos jornais. Quando penso agora, eles estavam partindo naquele momento para cometerem suicídio. Jamais poderia imaginar que isso fosse acontecer. Na véspera, Otoki havia pedido folga, provavelmente já se preparava espiritualmente para o duplo suicídio. Ela era uma boa pessoa e lamento muito pelo ocorrido. Não posso imaginar o motivo que a tenha levado a morrer. Como disse antes, ela quase não falava sobre si e ignoro as circunstâncias, mas, conforme os jornais, esse Sayama estava envolvido em um escândalo de corrupção e numa posição bastante delicada. Otoki não o teria acompanhado por compaixão?

Essas foram, em linhas gerais, as declarações das três pessoas que vieram retirar os corpos. Elas também foram ouvidas pelo detetive Jutaro Torigai, presente na ocasião.

4.

Os corpos foram entregues em segurança aos requerentes. Eles os cremaram na cidade de Fukuoka e retornaram a Tóquio levando as urnas contendo as cinzas. Com o passar do tempo, o incidente de duplo suicídio amoroso ocorrido na praia de Kashii foi sendo esquecido sem contratempos, de forma silenciosa e pacífica.

Jutaro Torigai não teve espaço para se manifestar. Em sua mente havia dois pontos que o incomodavam. Um deles era o recibo do vagão-restaurante para "uma pessoa". A questão do amor e apetite. O outro era o fato de a mulher não ter ficado na mesma estalagem de Sayama e a dúvida quanto a onde ela teria estado durante os cinco dias.

Todavia, esses pontos eram por demais frágeis para serem apresentados como argumentos no caso em questão. O delegado não os aceitaria. Pensando objetivamente, ele próprio só via de fato neles um fundamento muito débil. Por esse motivo, Torigai também, apesar de não estar convencido, se calou e deixou o caso seguir seu rumo. Porém, não poder se manifestar e estar em paz consigo mesmo são coisas distintas. Não era o simples fato de não poder se expressar que o deixava mais frustrado. Ele não conseguiria relaxar enquanto não obtivesse respostas claras para as duas dúvidas.

É apenas um caso de duplo suicídio amoroso, ele tentou se convencer. Porém, não podia deixar de sentir uma estranha curiosidade. Aquilo não fora um crime. Deveria deixar pra lá. Muito trabalho esperava por ele, com novos casos se sucedendo. Mas sentia que só sossegaria quando pudesse solucionar os pontos duvidosos.

— Bem, vou tentar investigar sozinho esse caso sem que ninguém saiba — balbuciou. Ao decidir isso, seu estado de espírito, até então pesado, se tornou estranhamente mais leve.

Passou pela mente de Torigai que apenas por um breve tempo os jornais veicularam, com estardalhaço, o caso de duplo suicídio amoroso associando-o ao escândalo de corrupção, para logo o assunto desaparecer. Uma passagem bem tranquila. Não havia muito a ser analisado, talvez pela solução imediata decorrente da trivialidade do incidente. Ele sentiu que várias etapas haviam sido abreviadas antes de chegarem a uma conclusão.

Torigai decidiu retornar ao local na praia de Kashii onde o incidente ocorrera.

Pegou um bonde e desceu em Hakozaki, onde fez baldeação para o trem da linha privada Nishitetsu rumo a Wajiro. Essa forma de ir a Kashii era mais prática do que depender dos horários dos trens da linha nacional. Sem contar que os trens da linha privada passavam ao longo da costa.

Descendo na estação Nishitetsu Kashii, ele caminhou apenas dez minutos até o local dos suicídios. Várias casas de aspecto sombrio margeiam o caminho, mas rapidamente dão lugar a uma floresta de pinheiros e, quando esta termina, por fim aparece uma vasta praia coberta por seixos. A área é um aterro.

O vento ainda estava frio, mas a cor do mar era primaveril. Os tons frios do rígido inverno haviam sumido. A ilha de Shika estava envolta na neblina.

Jutaro Torigai chegou a pé à cena do duplo suicídio. Era um local sem nada de especial, com superfície rochosa negra e acidentada. Por mais que houvesse uma luta ali, seria absolutamente impossível deixar vestígios. Comparado à paisagem do entorno, era desolado.

Ele se perguntava por que Kenichi Sayama e Otoki haviam escolhido esse local para morrer. "Certamente existiam outros mais adequados", pensou. "Pessoas que cometem duplo suicídio amoroso em geral optam por locais mais refinados, como uma fonte termal ou um ponto turístico. Bem, a paisagem aqui também é boa, mas creio que teria sido melhor um terreno de grama macia do que esta praia de rochas duras."

Porém, Torigai lembrou que o casal se suicidou à noite. Sayama deixara a estalagem por volta das 20h e cometera o duplo suicídio ali por volta das 22h. Eles haviam ido diretamente para o lugar como se tivessem planejado desde o início. Era uma noite escura. Agiram como se conhecessem bem o entorno.

"Talvez... Talvez... Sayama ou Otoki tenham vindo até aqui antes?", ocorreu-lhe de súbito. É o que a polícia costuma denominar intuição do criminoso em relação ao local do crime. O comportamento dos dois parecia ter sido inconcebível sem o conhecimento da área.

Torigai voltou a passos rápidos por onde viera. Passou pela estação Nishitetsu Kashii em direção à estação Kashii da linha nacional. Somente cerca de quinhentos metros separam essas duas estações. Em ambos os lados do caminho que as liga havia um rebuliço.

Ao chegar à estação foi até o guichê do telégrafo, retirou do bolso uma caderneta velha e, olhando para os endereços nela constantes, enviou dois telegramas. Eram perguntas para o irmão de Kenichi Sayama e a mãe de Otoki. Esforçou-se para fazê-las caber no espaço de vinte palavras.

Depois disso, entrou na estação e consultou o quadro de horários. Viu que havia um trem para Hakata em cerca de vinte minutos.

Enquanto esperava pelo trem, o detetive permaneceu de pé na entrada da estação, com as mãos nos bolsos, olhando para fora. Diante dele a paisagem era deserta e imutável. Havia um restaurante simples. Um pequeno armazém. Uma quitanda. Um caminhão estacionado na praça. Algumas crianças brincavam. O sol brilhava.

Enquanto Torigai contemplava vagamente essa paisagem, de súbito uma pequena dúvida lhe ocorreu.

Até então presumira que Sayama e Otoki haviam descido de trem na estação Nishitetsu Kashii, da linha privada, mas na verdade eles poderiam ter vindo pela linha nacional e descido na estação Kashii. Ele voltou a checar o quadro de horários acima de sua cabeça. Havia um trem chegando de Hakata às 21h25!

Jutaro Torigai cerrou os olhos. Depois de pensar por um minuto, desistiu de pegar o trem, atravessou em frente à estação e começou a caminhar lentamente até a quitanda. Ele queria perguntar algo. Sentiu uma premonição, seu coração acelerou.

4.
O homem vindo de Tóquio

1.

Jutaro Torigai se postou diante da quitanda em frente à estação Kashii.

— Desculpe, gostaria de lhe perguntar algo.

O dono, um homem de seus quarenta anos que polia uma maçã, se voltou em sua direção. Lojistas costumam ser pouco simpáticos quando alguém lhes pergunta algo, mas vendo que Torigai era um policial, a expressão em seu rosto se tornou austera.

— Até que horas sua loja fica aberta à noite? — Torigai começou a indagar.

— Até por volta das 23h — ele respondeu educadamente.

— É possível ver daqui os passageiros saindo da estação por volta das 21h30?

— 21h30? Ah, sim, claro. Posso ver os que chegam no trem das 21h25. Nesse horário a loja está tranquila e eu espio para ver se não há nenhum cliente que queira comprar frutas.

— Entendi. Então, você não teria visto nesse horário, na noite do dia 20, um homem de seus trinta anos vestindo roupas ocidentais, acompanhado de uma mulher de seus vinte e quatro ou vinte e cinco anos, vestindo um casaco de inverno sobre o quimono?

— Na noite do dia 20? Bem…

O dono inclinou a cabeça como se refletisse. Torigai sabia quão difícil era a pergunta. Era algo que ocorrera um bom tempo atrás. O homem certamente não se lembraria pela data. Ele pensou em refazer a pergunta.

— Você soube do duplo suicídio amoroso ocorrido recentemente na praia perto daqui?

— Ah, os corpos encontrados num desses dias pela manhã? Ouvi sobre isso e também li nos jornais.

— Pois é. Foi na manhã do dia 21. Não se lembra da noite da véspera, dia 20?

— Ah, sim. — O dono deu um tapa na coxa sob o grosso avental com o nome da loja bordado. — Eu me lembrei. A noite anterior ao suicídio? Se for isso, eu os vi!

— Hein? Você os viu? — Os olhos de Torigai brilharam.

— Sim. Eu me lembro devido à comoção no dia seguinte! Naquela noite, saíram da estação uns dez passageiros do trem das 21h25. Em geral, poucas pessoas desembarcam do trem nesse horário. Entre eles havia um homem em roupas ocidentais e uma moça de quimono. Eu os observei o tempo todo, achando que viessem comprar frutas.

— E eles compraram?

— Não. Fiquei decepcionado, pois eles caminharam na direção da estação Nishitetsu Kashii e desapareceram. E na manhã seguinte houve toda aquela comoção. Lembro-me deles porque pensei que poderiam ter sido o casal que se suicidou.

— Você se lembra do rosto deles?

Enquanto Torigai o olhava, o dono passou a mão no rosto.

— Tem certa distância daqui até a estação. Fora isso, eu vejo as pessoas como sombras negras contra as luzes brilhantes da estação e não consigo enxergar o rosto delas. No jornal havia uma foto do homem que se suicidou, mas eu não seria capaz de afirmar nada.

— Hum. — Torigai deu de ombros. — E suas roupas?

— Não me recordo bem. Eu os vi caminhando, mas só me ocorre vagamente que o homem vestia um sobretudo e a mulher um quimono.

— Não sabe qual era o padrão do quimono?

— Nem imagino. — O dono da quitanda sorriu.

Torigai se decepcionou um pouco. Dentro da loja um cliente que escolhia tangerinas parecia prestar ouvido à conversa dos dois.

— Você disse que os dois caminharam na direção da estação Nishitetsu Kashii. Ela fica para o lado da praia, correto?

— Sim, isso mesmo. Saindo direto da estação, vai dar na praia.

Torigai agradeceu e deixou a loja.

"Foi uma conversa muito proveitosa", pensou enquanto caminhava. Sua intuição não falhara. Quando estava de pé em frente à estação pensara que o dono daquela quitanda talvez soubesse de algo e ele realmente havia notado o casal. É uma pena que não tivesse visto o rosto deles, mas é certo que os dois eram Kenichi Sayama e Otoki. Eles vieram no trem proveniente de Hakata que chegou à estação Kashii às 21h24 na noite do dia 20. Isso significava que haviam tomado o trem na estação de Hakata por volta das 21h10.

Levando em conta que Sayama recebeu o telefonema da mulher e saiu às pressas da estalagem pouco depois das 20h, onde os dois teriam se encontrado e o que teriam feito na cerca de uma hora até o horário de embarcarem no trem na estação de Hakata? Seria difícil investigar isso, talvez impossível. Hakata é uma cidade grande e ele não saberia por onde começar.

Enquanto Jutaro Torigai caminhava na direção da estação Nishitetsu Kashii ponderando essas coisas, de repente atrás dele uma pessoa o chamou.

— Com licença.

Torigai se virou. Um jovem que parecia um funcionário de alguma empresa se aproximou dele sorrindo um pouco acabrunhado.

— O senhor é policial?

— Sim, sou.

O homem que olhava para ele segurava um pacote de tangerinas. Torigai percebeu que era o cliente da quitanda.

2.

— Enquanto eu comprava tangerinas, ouvi por acaso a conversa de vocês dois — o jovem começou a dizer postando-se ao lado de Torigai. — Na realidade, eu também vi duas pessoas parecidas com o casal que se suicidou, por volta das 21h30 da noite do dia 20.

— Ah.

Torigai arregalou os olhos. Observando ao redor, viu um pequeno estabelecimento que poderia ser uma cafeteria ou um bar. Ele convidou o homem constrangido a entrarem. Enquanto bebiam um café que mais parecia água açucarada escurecida, Torigai encarou o homem.

— Conte-me em detalhes, por favor.

— Não tenho tanto assim para contar. — O homem coçou a cabeça. — Quando comprava frutas ouvi a conversa de vocês e achei que o que eu sei poderia servir de referência.

— Fico grato por isso. Por favor, me fale — Torigai o incentivou.

— Sou daqui e trabalho em uma empresa em Hakata — o jovem começou a dizer. — Na noite anterior à descoberta dos corpos dos suicidas, ou seja, na noite do dia 20, eu também vi um casal parecido com eles. No meu caso, o trem chegou à estação Nishitetsu Kashii às 21h35.

— Espere um pouco — Torigai *gesticulou* interrompendo o rapaz. — Era o trem da linha privada?

— Sim. O trem que sai de Keirinjomae às 21h27. São apenas oito minutos até aqui.

Keirinjomae se localiza em Hakozaki, na extremidade leste de Hakata. Cortada pelo rio Tatara, Hakozaki foi no passado palco de uma batalha contra a invasão mongol e possui ainda ruínas de fortificações da época. A baía de Hakata pode ser vista por entre pinheiros.

— Entendo. E você viu esse casal dentro do trem?

— Não, não foi no trem. O trem tinha dois vagões e eu estava no vagão de trás. Como eram poucos os passageiros, eu teria reparado se estivessem no meu vagão. Certamente estavam no da frente.

— Então, onde você os viu?

— Depois de passar a catraca, enquanto caminhava em direção à minha casa. Eu ia devagar porque naquela noite tinha tomado uns drinques em Hakata e estava meio grogue. Dois ou três passageiros que estavam no mesmo trem passaram por mim. Eram pessoas da região que eu conhecia de vista. Mas um casal vindo logo depois me ultrapassou a passos muito rápidos. O homem vestia um sobretudo e a mulher, um casaco de inverno sobre o quimono. Esses dois caminhavam pela rua deserta que conduz à praia. Naquele momento não prestei muita atenção e apenas dobrei na ruazinha que vai dar na minha casa. Na manhã do dia seguinte soube do incidente. De acordo com os jornais, a morte ocorreu por volta das 22h da noite anterior, e me pergunto se não teria sido aquele mesmo casal — o rapaz disse.

— E você viu o rosto deles?

— Como expliquei agora, eles vieram de trás de mim e me ultrapassaram, por isso só pude ver suas costas.

— Hum. Não viu a cor do sobretudo ou o padrão do quimono sob o casaco?

— Não me lembro. Aquela rua é mal iluminada e eu estava bêbado. Porém, ouvi a mulher dizer algo.

— É mesmo? — Os olhos de Torigai brilharam. — O que ela disse?

— Quando passaram ao meu lado, a mulher disse ao homem: "Que lugar deserto!".

— Que lugar deserto! — Torigai instintivamente repetiu num sussurro. — E o que o homem falou?

— O homem continuou a andar calado.

— Havia algo peculiar no tom de voz da mulher?

— Nada de especial. Uma voz límpida! Não falava como o pessoal da região. Pelo que pude sentir, ela tinha o sotaque do dialeto de Tóquio.

Torigai retirou um cigarro da marca Shinsei do maço amassado e o acendeu. Ele elaborou a pergunta seguinte enquanto a fumaça azulada voltejava no ar.

— Esse trem foi com certeza o das 21h35?

— Não há dúvidas. Mesmo quando saio para me divertir em Hakata e fica tarde, tomo sem falta o desse horário para voltar para casa.

Torigai analisou a resposta. Ele refletiu se o casal visto por esse rapaz seria o mesmo que o dono da quitanda avistara descendo na estação Kashii da linha nacional. O rapaz não viu o casal dentro do trem. Não estaria apenas imaginando que os dois teriam descido do mesmo trem que ele por tê-lo ultrapassado logo após os passageiros? O trem chegou à estação Kashii da linha nacional às 21h24. O outro chegou à estação Nishitetsu Kashii às 21h35. Há uma diferença de onze minutos. A distância entre as duas estações é de cerca de quinhentos metros. A rua que desce da estação Kashii em direção à praia passa ao lado da estação Nishitetsu Kashii, logo, tanto o trajeto quanto o horário pareciam combinar.

— Isso era tudo o que eu tinha para lhe contar — o rapaz simpático se levantou perscrutando o rosto pensativo de Torigai. — Queria lhe informar isso por ter ouvido as suas perguntas ao dono da quitanda sobre o casal que se suicidou.

— Ah, muito obrigado — Torigai perguntou o nome e endereço do rapaz e agradeceu fazendo uma mesura. O simples fato de ouvir a frase dita pela mulher mostrou-se proveitoso.

Quando deixou o café já havia anoitecido por completo.

3.

"Que lugar deserto!"

As palavras que o rapaz disse ter escutado a mulher falar ressoavam nos tímpanos de Jutaro Torigai como se ele as tivesse ouvido diretamente.

Ele entendeu que essa frase curta apresentava três elementos.

1) Ela a falara no ritmo do dialeto de Tóquio, logo, a mulher não era da região. Nem da província de Fukuoka nem de toda a ilha de Kyushu. No dialeto de Hakata seria mais natural ouvir algo como "Lugarzinho deserto este aqui, não?".
2) Pelo que se depreende das palavras, aparentemente a mulher visitava a área pela primeira vez.
3) Portanto, suas palavras não buscavam concordância, mas informavam sua primeira impressão da área ao homem que já a conhecia. O fato de seu acompanhante não ter respondido e ter continuado caminhando reforça essa sensação.

Em outras palavras, o homem já devia conhecer o local, e a mulher vinha pela primeira vez em sua companhia. Ela falava com sotaque de Tóquio e a cena se passou pouco antes do duplo suicídio ocorrer (nos trinta a quarenta minutos anteriores, caso a morte tenha ocorrido após as 22h, e uma hora e meia antes, caso tenha sido por volta das 23h. Havia uma variação de duas a três horas no horário estimado da morte). Era indubitável que o casal visto pelo dono da quitanda e pelo rapaz era o mesmo do duplo suicídio.

Porém, pensando com cuidado, isso não era algo definitivo. Afinal, apenas em Hakata há milhares de pessoas vindas de Tóquio, e o fato de estarem caminhando naquele horário talvez fosse uma mera coincidência sem relação com o incidente. No entanto, Jutaro Torigai achou melhor não pensar muito sobre isso. Para ele, havia sido o casal que cometeu o duplo suicídio amoroso.

Um vento frio soprava. As bandeirolas em frente às lojas desertas se agitavam. No céu negro as estrelas brilhavam intensamente.

Torigai voltou à estação Kashii. Ao chegar olhou o relógio de pulso. Apesar de antigo, ele marcava as horas corretamente.

Ele se pôs a andar com a sensação de que um cronômetro fora iniciado. Levemente inclinado, com as mãos nos bolsos, caminhava como se tivesse um propósito bem definido. Mais uma vez se dirigiu à estação Nishitetsu Kashii. A barra do seu sobretudo esvoaçava com o vento.

Ele chegou à estação bem iluminada. Olhou o relógio. Gastara pouco menos de seis minutos. Ou seja, confirmou ser esse o tempo necessário para andar da estação de Kashii da linha nacional para a estação Nishitetsu Kashii.

Ponderou por um momento. Olhou o relógio e desta vez voltou em direção à estação Kashii da linha nacional. Reduziu a velocidade da caminhada em relação à vez anterior. Sentiu como se pudesse medir a velocidade pelo som de seus passos.

Ao chegar à estação olhou o relógio de pulso. Havia demorado pouco mais de seis minutos.

Torigai voltou a caminhar pela mesma rua. Desta vez a passos muito lentos. Parecia estar passeando enquanto admirava as casas dos dois lados do caminho. Quando chegou à estação Nishitetsu Kashii nessa maneira de andar vagarosa, havia gastado apenas oito minutos.

Com as três experiências, ele compreendeu que normalmente seria possível percorrer a pé o trajeto entre as duas estações em seis ou sete minutos.

O casal visto pelo dono da quitanda desembarcou na estação Kashii da linha nacional às 21h24. O casal da estação Nishitetsu Kashii, visto pelo rapaz, estava junto com os passageiros do trem das 21h35, portanto, havia uma diferença de onze minutos. Supondo que fosse o mesmo casal, gastara onze minutos para ir da estação Kashii da linha nacional para a estação Nishitetsu Kashii.

Torigai começou a matutar sobre o que isso significaria afinal. Por que eles teriam levado onze minutos para percorrer uma distância que mesmo a passos lentos demoraria cerca de sete minutos?

Ele se lembrou das palavras do rapaz.

"Um casal vindo logo depois me ultrapassou a passos muito rápidos."

Realmente. Andando ligeiro, não gastariam nem cinco minutos. Como interpretar, então, os onze minutos?

1) Tiveram algo para fazer na metade do caminho. Por exemplo, uma compra ou algo semelhante.
2) Os casais vistos pelo dono da quitanda e pelo rapaz não eram o mesmo. Eram diferentes.

Eram as duas opções possíveis.

A opção 1 era altamente provável. A opção 2 eliminaria a diferença temporal. Na realidade, não havia nenhuma prova de que os dois casais eram o mesmo. Os pontos em comum entre eles eram o sobretudo do homem e o quimono da mulher. Ninguém viu seu rosto ou o padrão do quimono.

Torigai voltou a pensar. Se houvesse dois casais, aquele visto pelo rapaz na estação Nishitetsu Kashii seria o mais próximo de Kenichi Sayama e Otoki. As palavras ditas pela mulher o impressionaram fortemente.

Porém, tampouco era possível afirmar de maneira categórica que o casal na estação Kashii da linha nacional fosse outro. Afinal, a opção 1 era muito provável. Torigai não pôde descartar de imediato a ideia de que os casais nas duas estações fossem o mesmo.

Por fim, incapaz de construir uma interpretação elucidativa, ele voltou para casa em Hakata e dormiu.

Ao chegar ao posto policial na manhã seguinte, dois telegramas endereçados a ele o aguardavam em cima de sua mesa.

Ele abriu um deles.

"Kenichi viajava a trabalho com frequência para Hakata. Sayama."

Ele viu o outro.

"Hideko nunca foi a Hakata."

Eram respostas aos telegramas enviados por ele da estação Kashii no dia anterior, uma delas do irmão de Kenichi Sayama, o gerente-geral de uma agência bancária, e a outra da mãe de Otoki, cujo nome verdadeiro era Hideko Kuwayama.

Ficou claro que Kenichi Sayama viajara a trabalho muitas vezes para Hakata e conhecia bem a região. Aparentemente Otoki nunca fora a Hakata.

Ocorreu a Jutaro Torigai a cena da mulher exclamando "Que lugar deserto!" e do vulto escuro do homem calado a conduzindo a passos rápidos na direção da praia.

4.

Torigai trabalhou na parte da manhã.

Ao sair do posto policial, foi de bonde até Hakozaki e de lá seguiu a pé até a estação Keirinjomae. O trem continuava até Tsuyazaki, um porto no litoral norte, passando pela estação Nishitetsu Kashii.

Era um dia ensolarado e quente, algo raro no inverno. Torigai apresentou seu cartão de visita no escritório do chefe da estação.

— Em que lhe posso ser útil? — do outro lado da mesa o chefe da estação, um homem obeso de rosto avermelhado, indagou.

— A que horas partiu daqui o trem que no dia 20 chegou à estação Nishitetsu Kashii às 21h35? — Torigai o interpelou.

— Às 21h27 — o chefe respondeu de pronto.

— Gostaria de fazer algumas perguntas ao funcionário que controlava a catraca nesse dia. Ele está?

— Deixe-me ver.

O chefe da estação pediu ao assistente a seu lado que fosse verificar. O nome do funcionário constava na tabela de controle de entrada e ele estava presente. O assistente foi chamá-lo.

— Aconteceu algo? — o chefe da estação perguntou enquanto eles esperavam.

— Sim, um incidente — Torigai respondeu sorvendo o chá que lhe fora servido.

— Que dureza, não?

O jovem funcionário entrou. Postou-se diante do chefe da estação e fez uma reverência respeitosa.

— É esse rapaz! — o chefe da estação disse a Torigai.

— Desculpe-me incomodá-lo durante seu trabalho — Torigai se dirigiu ao jovem. — Você cuidava da catraca no dia 20 quando o trem das 21h27 partiu?

— Sim, estava em minha função.

— Você não teria visto um homem de seus trinta anos vestindo um casaco e uma mulher de vinte e quatro ou vinte e cinco de quimono?

— Deixe-me pensar — o funcionário da estação piscou. — Muitas pessoas usavam sobretudo. Saberia dizer de que cor era? — perguntou em resposta.

— O sobretudo era azul-marinho e as calças, marrons. A mulher vestia, sob um casaco de inverno cinza, um quimono vermelho-amarronzado — Torigai descreveu a roupa dos cadáveres. O funcionário olhou o vazio, pensativo.

— Não consigo me lembrar. Trabalho concentrado nas mãos dos passageiros ao checar as passagens. Se não acontecer nada de diferente, não olhamos muito para o rosto deles. Além disso, esta é a estação de partida do trem, e assim que a catraca é aberta os passageiros entram logo na plataforma.

— Mas naquele horário não havia tantos passageiros assim, não?

— Isso. Devia haver umas trinta ou quarenta pessoas. Nunca passa disso.

— A maioria das mulheres hoje em dia usa roupas ocidentais, e são poucas as que vestem quimono. Então, não consegue mesmo se lembrar?

— Não me recordo claramente.

— Pense bem, por favor — Torigai insistiu.

Porém, o funcionário da estação inclinou a cabeça e repetiu que não se lembrava de nada. De súbito, Torigai teve uma ideia.

— Então, havia pessoas conhecidas passando pela catraca nesse horário?

— Sim, havia.

— Ah, é? Você sabe o nome delas?

— São pessoas que conheço há tempos, então eu sei o nome e endereço. São três apenas.

— Isso é ótimo. Por favor, me passe essas informações.

Torigai anotou o nome e endereço das pessoas. Depois disso, agradeceu e saiu da sala do chefe da estação. Começava ali sua peregrinação. Os três endereços estavam localizados ao longo da linha férrea. Ele desceu nas estações Wajiro, Shingu e Fukuma.

O homem de Wajiro contou o seguinte.

— Eu estava no primeiro dos dois vagões e havia duas mulheres vestindo casaco de inverno cinza! Uma tinha por volta de quarenta anos, a outra, uns vinte e seis ou vinte e sete. Mas, sentadas ao lado delas, havia moças aparentando estar voltando do trabalho. Não havia nenhum homem de sobretudo azul-marinho.

Torigai retirou do bolso o retrato de Otoki e o mostrou.

— A moça jovem de casaco seria esta?

— Não. O rosto é totalmente diferente.

Em seguida, o homem de Shingu respondeu que ocupava o vagão traseiro.

— Uma mulher com casaco de inverno? Hum, não me lembro bem. Mas tenho a impressão de que estava no trem. Seja como for, eu logo adormeci. Não percebi nenhum homem com sobretudo azul-marinho.

Torigai mostrou a foto das duas vítimas, mas ele não se recordava delas.

Por último, o passageiro de Fukuma relatou o seguinte.

— Eu estava no vagão traseiro e havia uma mulher trajando casaco de inverno. Devia ter uns vinte e cinco ou vinte e seis anos.

— O casaco era cinza?

— Não me lembro da cor, mas em geral casacos de inverno costumam ser cinza. Talvez fosse. Ela conversava animadamente com o homem ao seu lado.

— Com um homem? Que tipo de homem?

Torigai se entusiasmou, mas a resposta o frustrou.

— Aparentavam ser um casal. O homem devia ter mais de quarenta anos. Trajava um quimono com padrão de pintinhas Oshima!

Ele mostrou as fotos, como de costume, mas o homem não reconheceu os rostos. Acrescentou que tampouco se lembrava com clareza de ter visto entre os passageiros algum homem com sobretudo azul-marinho.

No final das contas, Torigai não pôde confirmar se Otoki e Sayama estavam no trem e voltou decepcionado para Hakata.

Quando, cansado, regressou ao posto policial, o delegado esperava por ele.

— Ah, Torigai. Tem alguém aqui da Agência de Polícia Metropolitana de Tóquio querendo ver você — o delegado o chamou postando-se diante da mesa.

Ao lado dele, um jovem desconhecido de terno estava sentado sorridente.

5.
A primeira dúvida

I.

O homem que se levantou sorridente ao ver Jutaro Torigai devia ter pouco mais de trinta anos. Não era alto, mas sua constituição era tão robusta que até lembrava uma caixa. Porém, tinha a tez e fisionomia infantis, com sobrancelhas espessas e olhos arredondados.

— É o detetive Torigai? Sou Kiichi Mihara, inspetor assistente da Segunda Divisão de Investigações da Agência de Polícia Metropolitana de Tóquio. Muito prazer.

Ele sorriu exibindo dentes bem alvos ao entregar seu cartão de visita.

Ao ouvir que ele era da Segunda Divisão de Investigações, Torigai logo pressentiu que o inspetor viera investigar o suicídio do chefe de divisão adjunto Sayama. A Primeira Divisão trata de crimes violentos e a Segunda, dos chamados crimes do colarinho-branco.

Agora em Tóquio os jornais não param de veicular notícias sobre o desenrolar do escândalo de corrupção do Ministério XX. A divisão à qual Kenichi Sayama pertencia está no olho do furacão. Um colega de Sayama, também chefe de divisão adjunto, está preso. Apenas uma semana atrás dois líderes de uma poderosa organização privada intimamente ligada a esse ministério foram detidos. O escândalo ainda deve render bastante. A Segunda Divisão de Investigações é responsável por desvendar o caso.

— Na realidade, vim investigar sobre Kenichi Sayama, chefe de divisão adjunto do Ministério XX que cometeu suicídio aqui — o inspetor Mihara declarou após voltar a se sentar na cadeira. Era como Torigai imaginara. — O delegado me colocou a par das circunstâncias — Mihara disse olhando discretamente para o delegado, que assentiu com a cabeça. — Ele também reuniu estes materiais que me permitiram entender muito bem o ocorrido.

Sobre a mesa havia um conjunto de documentos que incluíam fotos da cena do incidente e os laudos da autópsia dos corpos.

— Mas, detetive Torigai, ouvi que você tem dúvidas quanto ao suicídio de Sayama?

Torigai olhou de soslaio o rosto do delegado.

— Vamos, Torigai. Dia desses você manifestou sua opinião sobre o caso. Comentei por alto com Mihara e ele parece muito interessado. Conversem, vocês dois — o delegado propôs, soltando uma baforada do cigarro.

— Isso mesmo. O delegado me contou que você tem uma teoria diferente sobre o suicídio de Sayama. Estou muito curioso e esperei por você para falarmos sobre isso.

Havia simpatia nos olhos arredondados de Mihara. O delegado mantinha uma expressão cética.

— Bem, não chega a ser uma teoria diferente, mas apenas uma suposição, uma ideia — Torigai respondeu um pouco retraído pela presença do delegado, mas os olhos de Mihara brilharam.

— Ideias são bem-vindas. Por favor, me diga o que pensa.

Sem alternativa, Torigai falou sobre o recibo para "uma pessoa" do restaurante do trem. Enquanto falava, se lembrou do comentário da filha sobre a questão do amor e do apetite, mas evitou revelá-la.

— É uma observação de fato interessante — Mihara concordou, sorrindo com os olhos. Tinha a gentileza de um vendedor. — Vocês não guardaram esse recibo?

— Apesar de ter sido uma morte estranha, por não se configurar um crime, os pertences foram todos devolvidos à família das vítimas quando vieram retirar os corpos — o delegado, que estava ao lado, explicou.

— É mesmo? — O cenho franzido de Mihara evidenciava sua decepção. — A data do recibo era com certeza 14 de janeiro, correto? — ele perguntou a Torigai.

— Exatamente.

— Nesse dia Sayama partiu da estação de Tóquio no Asakaze acompanhado de Otoki, garçonete do Koyuki. Espere um pouco... — ele começou a dizer tirando uma caderneta do bolso e a abrindo. — Anotei aqui a tabela de horários do Asakaze. Ele parte de Tóquio às 18h30, chega em Atami às 20h, em Shizuoka às 21h01, em Nagoia às 23h21 e em Osaka às 2h da manhã do dia 15. Portanto, no caso do recibo, dia 14, a última parada seria Nagoia às 23h21.

Torigai ouvia já depreendendo mais ou menos o sentido do que Mihara pretendia dizer. Notou que ambos pensavam o mesmo. Apesar da aparência de corretor de seguros, ele era realmente alguém da Agência de Polícia Metropolitana, foi a impressão de Torigai.

Mihara fez ao delegado o seguinte pedido:

— Gostaria de visitar o local dos suicídios. Sei que o detetive Torigai está ocupado, mas poderia deixá-lo me acompanhar?

O delegado concordou, com uma expressão de quem não tinha alternativa.

2.

— O delegado parecia não estar nos seus melhores dias, não? — sussurrou o inspetor Mihara depois de tomarem o trem, enquanto segurava na alça suspensa ao lado de Torigai.

Torigai riu. Rugas surgiram no canto de seus olhos.

— É algo comum de acontecer! Achei sua ideia interessante. Imaginei que fosse difícil para você falar sobre ela na frente do delegado, e tirei você de lá pedindo para me mostrar o local do incidente.

— Seja como for, vamos conversar quando chegarmos lá — Torigai respondeu, enternecido pela deferência expressa por Mihara, que era incomum a um jovem.

Da estação Keirinjomae fizeram baldeação até a estação Nishitetsu Kashii. Dali não levou dez minutos até o local do incidente.

Ao chegar à praia, Mihara olhou com curiosidade a paisagem. Fazia um tempo bom e a cor do mar era primaveril. As ilhas e o alto-mar estavam cobertos de névoa.

— Esse é o famoso mar de Genkai? Vi de relance quando vínhamos no trem, mas agora posso observá-lo com atenção e é, de fato, belíssimo. — O olhar de Mihara estava fixo no mar.

Torigai enfim lhe mostrou o local onde os corpos foram achados. Ele explicou a posição em que estavam no momento da descoberta. Mihara tirou do bolso as fotos do local para comparar, e concordava com a cabeça vez por outra.

— Todo o terreno é bem rochoso, não? — Mihara afirmou olhando o terreno ao redor.

— Exatamente. Como você pode ver, é uma faixa rochosa que se estende até a parte de areia.

— Desse jeito, nenhum vestígio permanece — Mihara murmurou como se ponderasse algo. — Então, compartilhe comigo suas ideias — pediu quando os dois se sentaram lado a lado em uma grande pedra um pouco afastada do local do incidente. O sol da tarde esquentava-lhes os ombros debaixo do sobretudo. Eles pareciam estar tomando um banho de sol.

— Em primeiro lugar, o fato de ele ter ido sozinho ao restaurante do trem... — Torigai começou a expor seu pensamento.

Além de deixar claro o motivo de sua dúvida, falou também sobre a "questão do amor e do apetite" comentada pela filha. — Por isso, desconfio que apenas Sayama tenha embarcado naquele trem.

Mihara ouvia com atenção, demonstrando curiosidade.

— Isso é interessante. Penso exatamente como você — Mihara afirmou com um brilho encantador nos olhos. — Porém, há testemunhas de que ele e a mulher pegaram o trem na estação de Tóquio, correto?

— Esse é o ponto. Por isso, não se poderia presumir que a mulher, ou seja, Otoki, teria desembarcado em alguma estação na metade do caminho? — Torigai sugeriu.

— É uma suposição. Caso tenha desembarcado...

Mihara voltou a retirar do bolso a caderneta.

— O recibo é do dia 14, então deve ter sido no trajeto até Nagoia, onde o trem chegou às 23h21. No entanto, logicamente Sayama foi ao restaurante antes do horário de fechamento às 22h, logo, se Otoki desceu do trem foi em Atami, de onde o trem partiu às 20h, ou em Shizuoka, às 21h01. É isso, não?

— Sim. Seria isso — Torigai concordou vivamente, pois Mihara colocara em palavras o que ele pensava vagamente.

— Como muito tempo já se passou não tenho certeza de que valerá a pena, mas, seja como for, vou pesquisar nas estações e estalagens de Atami e Shizuoka. É relativamente fácil descobrir as ações de uma mulher viajando sozinha! — Mihara declarou. — Há algo mais que queira me contar?

— Sayama se hospedou sozinho na estalagem Tanbaya em Hakata entre os dias 15 e 20. Ele chegou de Tóquio a Hakata no dia 15.

Torigai contou que Sayama havia esperado um telefonema na estalagem; que no dia 20, por volta das 20h, ele tinha recebido a ligação de uma mulher pedindo para falar com

"Sugawara", nome fictício com o qual Sayama se registrara; e que Sayama saiu de imediato e, supostamente nessa mesma noite, cometeu suicídio junto com Otoki.

Mihara ouvia atentamente.

— O fato de a mulher saber o pseudônimo usado por Sayama demonstra que era Otoki. Os dois devem ter combinado previamente sobre a estalagem e o nome falso.

— Acredito que sim. Mas isso elucida apenas um dos mistérios.

— Como assim?

— Até agora eu achava que Sayama e Otoki tinham vindo juntos a Hakata e apenas Otoki fora a algum lugar, mas depois de ouvir você estou mais confiante na suposição de que ela desembarcou no meio do caminho e que chegou posteriormente. Em outras palavras, no dia 14 Otoki desceu em Atami ou Shizuoka, deixando Sayama seguir sozinho, e chegou no dia 20 a Hakata. Depois disso, telefonou para a estalagem e, tendo em vista que Sayama esperava por esse telefonema, ele havia sido combinado previamente entre os dois.

Torigai falou isso antes de acrescentar:

— Houve uma única coisa que não foi decidida previamente.

— Hã? O quê?

— Quando Otoki chegaria a Hakata. Como Sayama esperava impacientemente na estalagem, por vários dias, pelo telefonema, pode-se supor que não havia sido definido quando ela chegaria.

3.

Depois de anotar algo a lápis na sua caderneta, Mihara virou-se para Torigai.

— Seria algo assim.

Dizendo isso, ele mostrou a Torigai o seguinte diagrama.

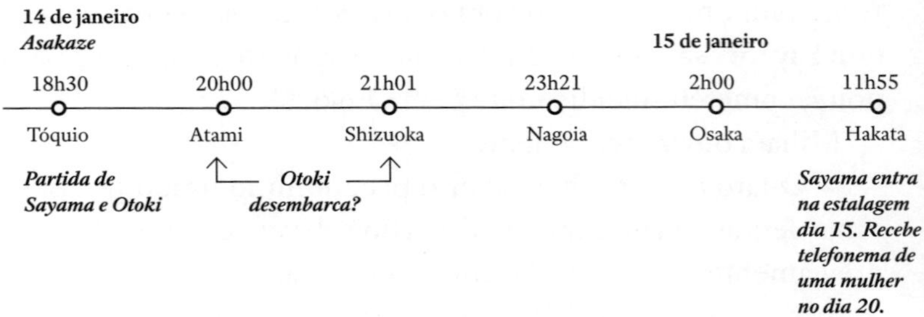

— Isso, exatamente — Torigai exclamou tão logo botou os olhos nele.

— Mas por que Otoki teria desembarcado no meio do caminho? — Mihara questionou.

Realmente. Esse era o cerne da questão. Torigai ignorava o motivo. Apesar de refletir bastante, não chegava a uma conclusão.

— Não entendo o porquê — Torigai respondeu, tocando a bochecha.

Mihara cruzou os braços. Seus olhos também olhavam vagamente na direção do mar como se procurassem elucidar o motivo. A ilha de Shikano flutuava tenuamente no oceano.

— Mihara — Torigai o chamou de súbito.

Ele decidiu colocar para fora a dúvida que guardava para si havia algum tempo.

— Por que a Agência de Polícia Metropolitana começou de repente a investigar o suicídio de Sayama?

Sem responder de pronto, Mihara ofereceu um cigarro a Torigai. Ele o acendeu com o isqueiro, levou-o aos lábios e lentamente exalou uma fumaça azulada.

— Torigai, vou lhe contar em agradecimento pela sua ajuda — Mihara declarou. — Kenichi Sayama era uma testemunha importante na investigação do atual escândalo do Ministério XX. Apesar de ser um chefe de divisão adjunto, ele possuía longa experiência prática e conhecia bem os trabalhos administrativos. Desempenhava, portanto, um relevante papel no caso. Nesse sentido, ele estava mais próximo de ser um suspeito do que propriamente uma testemunha. Porém, nós nos descuidamos, por estarmos ainda no início das investigações, e não o monitoramos bem. Assim, acabamos deixando que ele morresse.

Antes de continuar, Mihara deu um tapinha com o dedo no cigarro, deixando a cinza cair.

— No entanto, muita gente se sentiria aliviada com a sua morte, pode ter certeza! Na realidade, quanto mais investigamos, mais nos damos conta de que há muitas coisas que gostaríamos de ter ouvido diretamente do próprio Sayama. Deixamos morrer uma testemunha valiosa. Só podemos mesmo lamentar, e muito. Sua morte foi um grande golpe. Mas, enquanto sentimos pena, alguns estão dando pulinhos de alegria. É provável que Sayama tenha morrido para proteger esse pessoal, mas nos últimos tempos têm surgido suspeitas em relação à sua morte.

— Suspeitas?

— Em outras palavras, existe uma dúvida quanto à morte dele não ter sido voluntária, mas forçada por alguém.

Torigai encarava Mihara.

— Há alguma evidência disso?

— Nada de concreto — Mihara respondeu. — Ele não deixou nenhuma carta de adeus, e, que eu saiba, tampouco a mulher.

Realmente. Torigai também havia pensado nisso e até comentara com o delegado.

— Além disso, em Tóquio investigamos a vida privada de Sayama e não encontramos nenhum vínculo dele com Otoki.

— Hein? Como assim?

— Bem, sabemos que provavelmente Sayama tinha uma amante, mas não é certo que fosse Otoki. No que se refere a ela, eu visitei o Koyuki e interroguei as garçonetes e fui também investigar o apartamento onde ela residia, e sem dúvida ela se relacionava com alguém. Ela recebia telefonemas frequentes de um homem e passava muitas noites fora, mas não descobrimos quem poderia ser. Aparentemente ele nunca deu as caras no apartamento. Talvez fosse Sayama, mas não temos como provar.

Torigai achou isso um pouco estranho. Afinal, Sayama e Otoki não tinham se suicidado juntos?

— Mas, Mihara, duas garçonetes do Koyuki testemunharam os dois embarcarem no Asakaze bem entrosados. Ah, havia uma outra pessoa com elas, um cliente regular do Koyuki. Os três viram a cena. Depois disso, os dois morreram aqui, juntos. Eu vi os corpos, e está bem claro pelas fotos do local do suicídio tiradas pelos policiais e pelo laudo das autópsias que estão com você.

— Com certeza — pela primeira vez uma expressão de perplexidade surgiu no rosto de Mihara. — Desde minha chegada aqui, vi diversos materiais que me confirmaram não haver dúvidas de ter sido um caso de duplo suicídio amoroso. Por isso, sinto-me enfraquecido ao constatar que trouxe de Tóquio suspeitas que não condizem com a realidade.

Torigai sabia quais eram as suspeitas de Mihara.

4.

— Está na hora de voltarmos — Mihara anunciou, e os dois se levantaram. Eles retornaram lado a lado pelo mesmo caminho de antes.

Quando chegaram à estação Nishitetsu Kashii, Torigai de súbito percebeu algo.

— Além desta, há também a estação Kashii da linha nacional a quinhentos metros daqui. Na realidade, eu ouvi algo interessante!

Ele contou a Mihara sobre os casais nas duas estações na noite do dia 20. Depois, falou em detalhes como cronometrou o tempo indo e voltando a pé entre as duas estações.

— Hum, isso é interessante. — Os olhos de Mihara brilharam de imediato.

— Eu também quero experimentar.

Assim como fizera dois dias antes, Torigai caminhou com Mihara entre as duas estações em três velocidades diferentes.

— Realmente, mesmo andando bem devagar, são somente sete minutos — Mihara constatou olhando o relógio. — Onze minutos é tempo demais. A menos que se faça algum desvio na metade do caminho.

— Os casais das duas estações deviam ser diferentes.

— Pode ser. Porém... — Mihara olhou para o vazio, pensativo. — Tenho a sensação de que eram o mesmo casal. Ou seja, eles desceram na estação Kashii da linha nacional, passaram em frente à estação Nishitetsu Kashii e se dirigiram ao local na praia...

Torigai contou em detalhes o testemunho do funcionário da estação da linha privada encarregado naquela noite e o relato dos passageiros. Mihara anotou tudo na caderneta.

— No final das contas, é difícil saber. Mas é interessante. Nosso trabalho é realmente complexo — Mihara declarou como se consolasse seu esguio e idoso colega.

Na tardinha seguinte, Torigai estava na plataforma da estação Hakata para se despedir do inspetor Mihara, que embarcaria para Tóquio. Ele pegaria o expresso Unzen com partida às 18h02.

— A que horas chega em Tóquio?

— Amanhã às 15h40.

— Vai ficar exausto.

— Bem, agradeço toda a sua atenção — Mihara fez uma reverência com um sorriso no rosto corado.

— Não fui de grande ajuda — Torigai disse.

— De jeito algum. Graças a você minha vinda a Kyushu resultou muito proveitosa! — Mihara afirmou olhando para ele. Ele o falou de coração.

O Unzen proveniente de Nagasaki deveria entrar na plataforma em doze ou treze minutos. Os dois continuavam de pé um ao lado do outro.

Diante dos seus olhos os trens chegavam e partiam em sucessão. Um trem de carga estava estacionado em uma plataforma oposta. Ao redor, o burburinho característico das estações ferroviárias. Depreendia-se da fisionomia de Mihara a melancolia do viajante que viera até a longínqua Kyushu.

A estação de Tóquio também devia estar bastante movimentada, com muitos trens nas plataformas.

Vendo a cena diante de si, Torigai imaginou como seria a estação de destino que ele nunca vira.

— É. Sempre muita confusão. Trens não param de chegar e partir — Mihara falou casualmente.

Assim que as palavras saíram de sua boca, Mihara se espantou como se tivesse levado um choque. Ele se deu conta de um fato importante.

Pessoas viram quando Sayama e Otoki pegaram o Asakaze na estação de Tóquio. As testemunhas relataram que estavam de pé na plataforma 13 e dali viram a plataforma 15 de onde o trem partira. Porém, entre essas duas plataformas havia a de número 14. Há um enorme fluxo de partidas e chegadas, seria possível ver da plataforma 13 um trem na plataforma 15 sem nenhum outro trem obstaculizando a visão?

6.
A hipótese dos quatro minutos

I.

Kiichi Mihara chegou à tardinha à estação de Tóquio.

Ele ansiava por um delicioso café após a longa viagem de trem desde Kyushu. Saindo da estação pegou um táxi e foi direto à sua cafeteria predileta em Ginza.

— Ah, sr. Mihara, quanto tempo — uma garçonete que o conhecia o cumprimentou sorridente.

Mihara ia praticamente a cada dois dias tomar café ali. A moça reparara que ele não aparecia havia quase uma semana, desconhecendo sua viagem para Kyushu. Havia dois ou três rostos conhecidos de clientes regulares do café. Nada havia mudado. O tempo da vida normal das garçonetes e dos clientes continuava. Não, a própria Ginza, que se podia ver através da janela, permanecia a mesma. Mihara sentia que apenas ele se desviara desse mundo nos cinco ou seis dias em que estivera fora. Ninguém sabia como ele passara essa lacuna temporal. Ninguém parecia interessado nas coisas anormais que ele presenciara. Claro que de repente se sentiu solitário.

O café estava delicioso. Impossível saborear um igual no interior do país. Terminado o café ele pegou sua bolsa, se levantou, apanhou um táxi e se dirigiu para a Agência de Polícia Metropolitana.

Mihara abriu a porta da sala de detetives onde numa placa se lia o nome do inspetor Kasai da Segunda Divisão de Investigações. Seu chefe estava ali.

— Estou de volta.

O inspetor girou o grosso pescoço e, vendo Mihara, sorriu.

— Bem-vindo de volta. Deve estar exausto da viagem — disse sorridente. Além dos dois havia um novo detetive, que trouxe chá para Mihara. — Então, correu tudo bem?

— Sim.

Mihara tirou da bolsa o material sobre o suicídio de Sayama e Otoki que tomara emprestado do posto policial de Fukuoka e o abriu diante do chefe.

— Está tudo aqui. O posto policial de Fukuoka reconheceu as mortes como um duplo suicídio amoroso.

— Hum.

O inspetor olhou as fotos tiradas no local do incidente e leu com atenção o laudo da autópsia e o relatório.

— Entendo. Então foi mesmo um caso de suicídio — murmurou com seus grossos lábios, e pôs de lado o material.

O inspetor procurava se certificar do que vira, mas pela maneira de falar parecia ter se resignado.

— Pelo visto, foi uma perda de tempo — afirmou, olhando de novo para Mihara como se pedisse desculpas.

— Não, não necessariamente — Mihara replicou.

O inspetor Kasai olhou um pouco espantado para Mihara.

— O que você quer dizer com isso?

— Eu obtive informações importantes.

— Hum.

— Não é a opinião do posto policial de Fukuoka, mas Torigai, um de seus detetives veteranos, me contou uma história interessante.

Então Mihara contou em detalhes sobre o recibo do restaurante do trem e a medição prática do tempo entre as duas estações de Kashii.

— Hum. Essa hipótese em relação ao recibo do vagão-restaurante é interessante — o inspetor disse após pensar um pouco. — Otoki pode ter desembarcado em Atami ou Shizuoka, correto? Se for isso, depois de passar quatro ou cinco dias por lá foi para Fukuoka e telefonou para Sayama, que chegara primeiro. As coisas se encaixam, não?

— Exatamente.

— É preciso investigar o porquê de Sayama fazer Otoki desembarcar na metade do caminho e fazê-la passar alguns dias em Atami ou Shizuoka.

— Chefe, você tem o mesmo palpite que eu?

Ouvindo isso, o inspetor olhou para o rosto de Mihara e seus olhos se encontraram.

— Em outras palavras, de acordo com esse material não restam dúvidas sobre o suicídio dos dois. Porém, tenho a impressão de haver algo mais nesse caso — Mihara disse, e o inspetor olhou para ele.

— Mihara, pode ser que estejamos enganados. A morte de Sayama é tão lastimosa para as investigações do caso de corrupção que estamos duvidando até de seu suicídio. Pode ser apenas nosso instinto de detetive!

Pensando bem, uma perigosa psicologia poderia está-los desviando do rumo.

Seja como for, Mihara desejava investigar mais a fundo. Se nada resultasse disso, ele desistiria. Não conseguiria sossegar caso não fizesse nada.

Mihara explicou isso e o inspetor concordou. Ele se sentia da mesma forma.

— Ótimo. Vamos tentar. Mesmo que estejamos nos embrenhando pelo caminho errado — ele disse cruzando os braços. — Olhe, o Asakaze é um trem expresso. Sendo assim, mesmo vagões de terceira classe precisam de reserva. Se Otoki desembarcou na metade do caminho, seu assento deve ter vagado! Vale a pena checar isso. Vou mandar alguém interrogar o condutor do trem na época.

2.

No dia seguinte, Kiichi Mihara foi até a estação de Tóquio. Talvez por ter dormido bem na noite anterior, sua mente estava clara e ele se sentia revigorado. Ele era jovem e bastara uma noite para eliminar seu cansaço.

De pé na plataforma 13, olhou na direção da saída Yaesu. Permaneceu ali por mais de uma hora como se esperasse por alguém.

Seria incorreto afirmar que observava a saída. Sua visão era constantemente bloqueada por trens e era impossível enxergar tão longe. A plataforma 13 era a da linha Yokosuka, e as chegadas e partidas de longos trens eram intermitentes. Na plataforma 14, o movimento dos trens era também muito frequente. Em virtude disso, era impossível ver um trem na plataforma 15 estando de pé na 13. Mesmo quando um partia da plataforma 13, haveria outro estacionado na 14. Por ser uma estação de partida, eles ficavam estacionados por longo tempo. Quando finalmente um deles começava a se mover, outro entrava na plataforma da linha Yokosuka. Ou seja, o espaço entre as plataformas 13 e 15 estava sempre ocupado, impedindo a visão clara desta última.

Mihara se inspirara no que o detetive Torigai lhe dissera na plataforma da estação de Hakata, e com base nessa intuição tentava esse *experimento*.

"Realmente", exclamou admirado para si mesmo. Apesar de estar observando de pé havia mais de uma hora, não conseguiu ver a plataforma 15.

"Então, como se explica? As testemunhas que viram Sayama e Otoki embarcarem no Asakaze sem dúvida estavam nesta plataforma 13 da linha Yokosuka. O Asakaze parte da plataforma 15. Será que a visão clara só foi possível no espaço de tempo em que as testemunhas os *viram*?", Mihara refletiu por um tempo. Depois, caminhou devagar pela plataforma, desceu as escadas e se dirigiu ao escritório da estação.

Ele se encontrou com o chefe da estação e, após se apresentar, lhe perguntou.

— Pode soar estranho, mas seria possível para alguém de pé na plataforma 13 ver o Asakaze das 18h30 da plataforma 15 antes de sua partida?

O chefe, um senhor de cabelos grisalhos, olhou Mihara com uma dúbia expressão no rosto.

— Quando você pergunta se é possível ver o Asakaze na plataforma 15 a partir da plataforma 13, você quer saber se existe algum momento em que não há trens entre essas plataformas?

— Isso mesmo.

— Bem, acho que em geral há sempre um trem obstruindo a visão, mas por via das dúvidas vou verificar. Aguarde um pouco, por favor.

Dizendo isso, ele estendeu sobre a mesa uma tabela de horários. Seus dedos percorreram sobre o papel as inúmeras linhas que se entrecruzavam.

— Ah, tem sim! É um intervalo bem curto em que não há trens nas plataformas 13 e 14 e pode-se ver o Asakaze estacionado na plataforma 15. Quem diria? Eu próprio desconhecia esse intervalo de tempo — o chefe disse como se tivesse descoberto algo raro.

— Tem? Então é possível ver? — Mihara perguntou um pouco desapontado, mas seus ouvidos voltaram a se aguçar ao ouvir as palavras seguintes do chefe.

— É possível. Mas por apenas quatro minutos!

— Quatro minutos? — Mihara arregalou os olhos. Seu coração de súbito acelerou.

— Poderia me explicar em mais detalhes?

— Bem, é o seguinte — o chefe começou a explicação. — O Asakaze entra na plataforma 15 às 17h49 e parte dela às 18h30. Ou seja, ele permanece estacionado na plataforma por 41 minutos. Se virmos o movimento de trens nas plataformas 13 e 14, o trem 1703 na plataforma 13 com destino a Yokosuka chega às 17h46 e parte às 17h57. Logo após sua partida, o trem 1801 entra na mesma plataforma às 18h01. Ele parte às 18h12. Porém, mesmo esse trem partindo, o trem regular 341 com destino a Shizuoka entra na plataforma 14 às 18h05 e permanece estacionado até as 18h35, por isso ele esconde o Asakaze na plataforma 15, impedindo que seja visto.

Mihara pegou sua caderneta de anotações. Era difícil entender ouvindo uma única vez.

Notando isso, o chefe disse:

— Talvez seja difícil acompanhar minha explicação. Então, vou colocar no papel apenas os pontos principais.

Dizendo isso, anotou em uma folha de papel os horários.

3.

Mihara voltou à Agência de Polícia Metropolitana e por um tempo observou a tabela de horários elaborada pelo chefe da estação. Depois, tirou da gaveta da mesa uma folha de papel e no verso procurou escrever os horários na forma de um diagrama (vide a tabela a seguir).

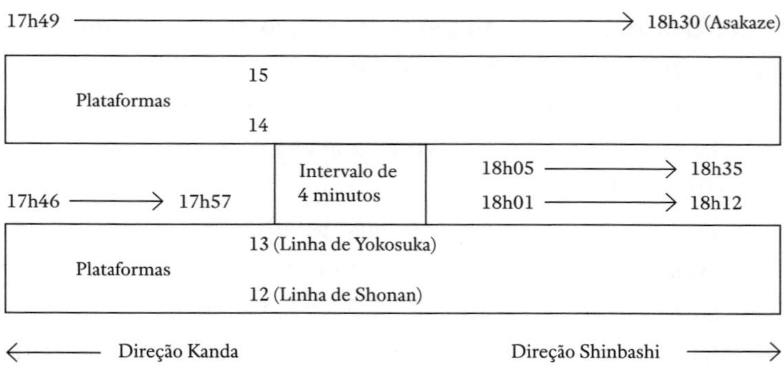

Realmente, quando se coloca nesse formato é possível entender bem. Apenas no intervalo de quatro minutos entre o trem 1703 partindo da plataforma 13 às 17h57 e o trem 1801 seguinte chegando às 18h01 não há obstáculos, podendo-se enxergar o Asakaze.

Assim, as testemunhas que viram Sayama e Otoki embarcarem no Asakaze por acaso estavam na plataforma 13 nesses quatro minutos.

Mihara percebeu quão importantes eram as declarações dessas testemunhas. Porque a menção a "Sayama e Otoki embarcarem no expresso Asakaze conversando intimamente" é quase a única prova a embasar a teoria de duplo suicídio amoroso.

Não havia, pelo menos aparentemente, nenhuma outra prova objetiva de que os dois mantinham um caso. Existiam rumores de que tanto Sayama quanto Otoki se relacionavam com alguém, mas apenas as testemunhas que haviam estado, por acaso, de pé na plataforma 13 durante esses quatro minutos, o viram claramente diante de seus olhos.

"Foi uma incrível coincidência elas estarem ali justo naquele momento", Mihara pensou, mas logo outro pensamento lhe ocorreu. "Seria uma mera coincidência?"

Desconfiar desses acasos não levaria a lugar algum. Porém, uma coincidência dentro do limite de quatro minutos fez Mihara sentir algo mais complexo.

Ele se lembrou das testemunhas. Duas garçonetes e um cliente regular do Koyuki. Esse cliente anunciara que estava indo a Kamakura e as duas moças foram se despedir dele na plataforma 13, quando viram Sayama e Otoki tomando o Asakaze. Mihara soubera disso por Yaeko, uma das garçonetes, antes de partir para Fukuoka. Naquele momento, ele não prestara muita atenção na história, mas agora achou que deveria voltar a ouvi-la com mais cuidado.

Quando Mihara apareceu no Koyuki em Akasaka no final da manhã, Yaeko fazia a limpeza vestindo calças de trabalho.

— Ah, desculpe por eu estar tão desarrumada — Yaeko enrubesceu.

— Obrigado pela sua ajuda no outro dia — Mihara agradeceu. — A propósito, sobre nossa conversa naquela ocasião, veja bem, você e outra garçonete acompanhavam um cliente até a estação de Tóquio quando viram Sayama e Otoki juntos.

— Sim — Yaeko assentiu.

— Naquele dia acabei me esquecendo de perguntar o nome desse cliente.

Yaeko olhou fixamente o rosto de Mihara.

— Olhe, não precisa se preocupar. Não queremos causar incômodo a ele. Apenas pergunto como referência — Mihara explicou, sentindo a indecisão de Yaeko.

Clientes são valiosos para um restaurante e Mihara compreendia o sentimento da garçonete.

— Seu nome é Tatsuo Yasuda — Yaeko revelou em voz miúda.

— Tatsuo Yasuda? Hum. Qual a ocupação dele?

— Ele tem uma empresa em Shimbashi que comercializa ampla gama de máquinas e ferramentas.

— Entendi. Ele é um cliente antigo?

— Frequenta o restaurante há uns três ou quatro anos. Em geral, Otoki era a garçonete encarregada de atendê-lo na sala privativa.

— Então ele conhecia Otoki bem, correto? Deixe-me perguntar, quem primeiro notou a presença dela na plataforma?

— Foi Yasuda. Ele perguntou "Olhem, aquela não é a Otoki?", apontando para que eu e Tomiko a víssemos.

— Hum, então foi Yasuda — Mihara disse e depois se calou. Embora parecesse ponderar sobre a próxima pergunta a fazer, talvez tivesse algo mais em mente.

4.

Pouco depois, Mihara sorriu e voltou a falar.

— Você e Tomiko acompanharam Yasuda até a plataforma da estação, mas essa decisão foi tomada de súbito naquele mesmo dia?

— Sim, quando estávamos no Coq d'Or de Ginza a convite dele — Yaeko respondeu.

— Como? Ele convidou vocês para um restaurante em Ginza? Isso já estava decidido antes?

— Sim, na noite anterior, Yasuda veio ao Koyuki e nos convidou a nos reunirmos com ele em Ginza às 15h30 do dia seguinte.

— Às 15h30? E depois?

— Terminada a refeição, Yasuda nos informou que estava indo a Kamakura e nos pediu para irmos com ele até a estação para nos despedirmos lá, e foi o que eu e Tomiko fizemos.

— Por volta de que horas foi isso?

— Deixe-me ver — Yaeko inclinou a cabeça em dúvida, com o olhar pensativo. — Ah, sim, quando eu perguntei a Yasuda qual trem ele iria pegar, ele disse que queria embarcar no da linha Yokosuka das 18h12. Lembro de ele ter comentado que eram 17h35 e se saíssemos logo daria tempo.

— O trem das 18h12 da linha Yokosuka.

Mihara se lembrou da tabela de horários que havia elaborado na noite anterior. O trem das 18h12 entra na plataforma 13 às 18h01. Como Yasuda pôde ver o Asakaze na plataforma 15, isso significa que os três chegaram antes desse horário. "Isso é algo muito importante", pensou.

— Quando vocês chegaram na plataforma 13, o trem ainda não estava lá, correto?

— Isso, ainda não — Yaeko respondeu de pronto.

— Então vocês chegaram às 18h ou um pouco antes? — Mihara sussurrou como se perguntasse a si próprio.

— Isso mesmo. O relógio da plataforma indicava que era pouco antes das 18h — Yaeko respondeu.

— Nossa, você notou isso?

— É que no táxi rumo à estação, Yasuda observou inúmeras vezes seu relógio de pulso. Isso me deixou apreensiva com o horário, para que chegássemos a tempo para o trem das 18h12.

— Hein? Você disse que ele não parava de olhar para o relógio? — Mihara questionou.

— Sim, muitas vezes. Desde que estávamos no Coq d'Or.

Mihara ficou pensativo. E assim permaneceu mesmo depois de se sentar no ônibus, após se despedir de Yaeko.

Yasuda olhava inquieto o relógio. Pode-se interpretar isso como ele estando meramente preocupado em chegar a tempo para tomar o trem? Ou será que ele queria chegar a tempo para algo mais? Não seria para *não perder aquele intervalo de quatro minutos*?

Para ter uma visão clara do Asakaze, não poderia ser antes ou depois dos quatro minutos. Se fosse muito antes, o trem com destino a Yokosuka partindo às 17h57 estaria estacionado, e Yasuda se veria obrigado a embarcar nele. Se fosse mais tarde, o próximo entraria às 18h01 e bloquearia a visão do Asakaze. Não estaria Yasuda tão preocupado, checando com frequência o relógio, porque almejava estar na estação durante a janela de quatro minutos para poder ver o Asakaze?

"Seria exagerado pensar assim?", Mihara se questionava tentando conter suas suspeitas. Mas no final das contas não era capaz. Quanto mais tentava abandonar a ideia, mais o ceticismo persistia.

Que plano teria Yasuda para agir dessa forma? A resposta era simples caso a hipótese de Mihara estivesse correta.

"Yasuda queria que Yaeko e Tomiko vissem Sayama e Otoki embarcando no expresso Asakaze. Em outras palavras, ele pretendia fazer delas suas testemunhas."

Seu coração batia acelerado.

Ele visualizou a figura de Tatsuo Yasuda diante de si.

"Preciso me encontrar com ele", pensou.

E isso aconteceu na tarde desse mesmo dia, na sala de visitas do escritório de Tatsuo Yasuda, com os raios de sol se infiltrando através da janela. Tendo o cartão de visita de Mihara em mãos, Tatsuo Yasuda o convidou a sentar, sorrindo tranquilamente.

7. Fortuito ou premeditado?

1.

— Peço desculpas pelo transtorno. Tenho algumas perguntas para lhe fazer sobre um estranho caso — Mihara iniciou a conversa.

— Ah, é mesmo? Fique à vontade para perguntar o que desejar — Tatsuo Yasuda declarou, oferecendo os cigarros disponibilizados para os convidados sobre a mesa. Ele pegou um cigarro e o acendeu com o isqueiro. Sua atitude era bastante serena.

Devia ter por volta de quarenta anos, cabelos ligeiramente frisados, bochechas nutridas e coradas, e olhos redondos acolhedores. O homem de meia-idade tinha o aspecto confiante dos executivos envolvidos em grandes negócios.

— Na realidade, é sobre o suicídio do chefe de divisão adjunto Sayama, do Ministério XX. Você deve estar a par, uma vez que foi noticiado nos jornais — Mihara disse.

— Ah — Yasuda concordou enfaticamente, soltando a fumaça do cigarro. — Não apenas sei do caso, como tive contato com Sayama. Afinal, nossa empresa fornece máquinas para o Ministério XX.

Pela primeira vez Mihara se deu conta de que a Yasuda Shokai mantinha relações comerciais com o tal ministério.

— Uma lástima o que aconteceu com Sayama. Ele era uma ótima pessoa, bem tranquilo. Nunca poderia imaginar que alguém como ele pudesse cometer suicídio com uma mulher.

O tom de voz de Yasuda denotava forte emoção.

— Bem, é justamente por causa de Sayama que eu vim vê-lo — Mihara declarou, colocando a mão no bolso mas logo a retirando, relutante se deveria ou não pegar sua caderneta de anotações. — Ouvi dizer que você estava em uma plataforma da estação de Tóquio quando viu Sayama embarcar em um trem com uma mulher. Na realidade, fiquei sabendo a partir do relato de uma garçonete do restaurante Koyuki.

— Isso mesmo! — Yasuda confirmou, ajeitando sua posição no sofá e inclinando o corpo para a frente. — Já era de tardinha, e como eu precisava ir a Kamakura, as garçonetes do Koyuki vieram se despedir de mim. Foi quando vimos Sayama e Otoki prestes a embarcar no expresso estacionado na plataforma em frente! Eu percebi e informei às moças. Para mim foi uma surpresa, pois conhecia os dois. Não imaginava que fossem tão íntimos. Que mundo pequeno!, pensei.

Yasuda entrecerrou levemente os olhos, talvez sentindo a ardência da fumaça.

— Não poderia imaginar que aquela era a viagem de morte dos dois. Sinto muita pena deles. Não devemos nos entregar profundamente à paixão. — Ele sorriu e seus olhos se tornaram ainda mais cativantes.

— Sayama foi alguma vez ao Koyuki? — Mihara perguntou.

— Acredito que não. Eu frequento bastante aquele restaurante em virtude de meu trabalho, mas nunca havia convidado Sayama. As pessoas começam a comentar quando você convida um funcionário público para jantar. Ha ha ha. Vou deixar claro que não estou dizendo isso por você ser da Agência de Polícia Metropolitana. Mesmo não sendo assim, o Ministério XX está na boca de todos devido ao escândalo de corrupção.

— Existe a opinião de que Sayama se suicidou para evitar envolver os seus superiores nesse escândalo. Você acha que essa mulher chamada Otoki teria morrido junto com ele por simpatia?

— Vai saber. — A expressão no rosto de Yasuda parecia querer dizer "isso é problema seu, não meu". — Mas o que me surpreendeu foi o fato dos dois viverem um romance. Eu não havia percebido em absoluto.

— Você conhecia bem Otoki?

— Ela era a garçonete encarregada da minha sala privativa. Por isso, eu a conhecia bem nessa condição. Mas não havia nada de especial entre nós! Nosso relacionamento se restringia ao Koyuki. Nunca nos encontramos fora do restaurante. Por isso, não sei até que ponto posso afirmar se a conhecia ou não. Até porque nem fazia ideia de que ela era namorada de Sayama.

Mihara fez mais uma pergunta. Era algo importante.

— Você costuma ir com frequência a Kamakura?

Yasuda abriu um sorriso.

— Minha esposa mora lá.

— Esposa?

— Ela tem tuberculose. Há muito tempo vivemos separados. Aluguei uma casa para ela nos arredores de Gokurakuji onde ela repousa. Contratei uma senhora para cuidar dela. Vou uma vez por semana visitá-la.

— Não diga. É preocupante, não?

Ouvindo Mihara falar dessa forma, Yasuda abaixou ligeiramente a cabeça como em agradecimento. Mihara sentiu que ainda poderia perguntar algo mais, mas não atinava o quê.

— Peço que me desculpe por tê-lo incomodado — disse, pondo-se de pé.

Yasuda se levantou do sofá.

— Não por isso. Não sei se pude ajudá-lo em algo. Se ainda precisar, apareça quando desejar — Tatsuo Yasuda disse educadamente, sorrindo com os olhos redondos estreitados.

"Yasuda sabe sobre o intervalo de quatro minutos. Ele vai constantemente visitar a esposa em Kamakura e sem dúvida em algum momento percebeu. Pelo menos, existe essa possibilidade", Mihara pensou enquanto caminhava pela rua. O tempo estava firme.

2.

Ao regressar à agência, ele conversou com o inspetor Kasai. Não chegava a ser um relatório. Apenas contou sobre a visão de quatro minutos da plataforma, o seu ponto de interesse. Aproveitou e falou também sobre o encontro com Yasuda.

Porém, o inspetor se mostrou mais intrigado do que ele poderia esperar.

— Isso é muito interessante — disse juntando as mãos sobre a mesa. — Será possível? Isso nos passou totalmente despercebido.

O inspetor estava tão empolgado que Mihara tirou do bolso a tabela de chegadas e partidas de trens nas plataformas 13, 14 e 15, tendo como foco o intervalo entre 17h57 e 18h01. O inspetor pegou o papel e o observou atentamente.

— Realmente, posso entender bem. Sua percepção foi ótima — elogiou Mihara olhando para ele.

Mas ele não deveria receber os louros. Mihara sussurrou para si que o mérito era do veterano detetive Torigai do posto policial de Fukuoka, cujas palavras lhe haviam dado a dica.

— A questão é saber se Yasuda ter criado testemunhas no intervalo de quatro minutos foi fortuito ou premeditado.

"Testemunhas no intervalo de quatro minutos." O inspetor usou com perspicácia as palavras. Depois disso, pediu a Mihara que explicasse em mais detalhes, enquanto anotava os pontos principais num papel.

1) Yasuda convidara no dia anterior duas garçonetes do Koyuki para jantar, como preparação para irem juntos à estação de Tóquio.

2) Enquanto comiam, ele estava preocupado, olhando incessantemente o relógio.
3) Eles chegaram à plataforma 13 a tempo para o intervalo de quatro minutos em questão.
4) Quem notou que Sayama e Otoki iriam embarcar no Asakaze foi Yasuda. Ele informou às duas moças.

Quando o inspetor terminou de anotar, olhou fixo para o papel, batendo com a cabeça do lápis na bochecha como faria um aluno da escola primária.

— Hum. Isso não é coincidência. Foi premeditado — disse pouco depois.

Mihara observava os olhos brilhantes do chefe.

— Se foi tudo planejado, o caso é grave.

— Grave — o inspetor repetiu instintivamente. Ele pensava de olhos fechados, mas gritou chamando um detetive.

— Venha cá. Tatsuo Yasuda é um comerciante de máquinas. Procure descobrir o grau de envolvimento dele com o Ministério XX.

— Entendido. — O detetive assentiu, anotou o nome em sua caderneta e saiu.

— Deixe-me ver. — O inspetor voltou a checar o que escrevera como se o analisasse. — Se Yasuda planejou tudo, qual teria sido sua intenção? — perguntou acendendo um cigarro. — Um plano é elaborado almejando-se sempre um ganho pessoal. O que ele ganharia criando testemunhas da cena de Sayama e Otoki tomando um trem expresso rumo a Hakata?

— Ele precisava que terceiros presenciassem a cena — Mihara declarou após refletir um pouco.

— Terceiros?

— Isso mesmo. De nada adiantaria apenas o testemunho de Yasuda. Ele precisava de outras pessoas corroborando ter visto a cena.

— Então Yasuda *não era um terceiro*?

— Exatamente.

Mihara olhava para o inspetor como se ainda não estivesse completamente seguro. O inspetor parecia pensativo.

— Bem. Vamos fazer um apanhado geral — o inspetor sugeriu, para ele próprio também se certificar. — Sayama e Otoki cometeram suicídio próximo a Hakata. Os dois partiram juntos de Tóquio em um trem expresso. Yasuda deu um jeito para que suas acompanhantes vissem quando eles embarcaram no trem para criar testemunhas terceiras. Estranho, não?

Mihara entendeu o porquê de o chefe achar estranho. Não haveria sentido criar testemunhas para duas pessoas que partiam no intuito de se suicidar. Qual o papel de Yasuda, que não era um terceiro, nesse caso de duplo suicídio? Mihara também tinha dúvidas quanto a isso.

— Seja como for, tem algo mais nessa história.

— Com certeza — o inspetor concordou.

— Quando definimos as condições do caso dessa forma, tudo aponta na direção de um plano de Tatsuo Yasuda. No entanto, não há nele um objetivo. A existência de um plano pressupõe um objetivo, mas neste momento ignoro qual seria.

— Porém, se formos atrás da necessidade do plano, descobriremos seu *objetivo*! — Mihara afirmou.

— Isso mesmo — o inspetor replicou. Os dois se entreolharam excitados.

— Você entende por que Yasuda intencionalmente almejou esse intervalo de quatro minutos para mostrar às moças, a partir da plataforma 13, o trem expresso estacionado na plataforma 15? Se o propósito era mostrar, ele poderia ter ido diretamente à plataforma 15, não? — o inspetor questionou como se aplicasse um teste.

— Eu sei por quê! A plataforma 15 é exclusiva para partida de trens de longa distância, e ir até lá pareceria proposital. Em vez disso, era mais natural declarar que tinha algo para resolver em Kamakura e fazê-las olhar de longe a partir da plataforma 13! O esforço objetivando a janela de quatro minutos é exatamente para aparentar essa naturalidade.

O inspetor riu. Isso expressou sua concordância.

— Ah, recebi um relatório do condutor do Asakaze do dia 14 de janeiro — o inspetor anunciou.

— Hein? — Mihara se inclinou para a frente.

— Infelizmente, ele não se lembrou de nenhum assento desocupado. Alegou que já se passou muito tempo para se recordar. Que homem estúpido! Se ele se lembrasse, logo saberíamos onde Otoki desembarcou.

8.
Hokkaido e Kyushu

I.

Quando Kiichi Mihara chegou à agência pela manhã, o inspetor Kasai já estava a postos.

— Bom dia — Mihara o cumprimentou.

O inspetor, que olhava uns documentos, levantou a cabeça.

— Bom dia. Venha aqui um momento. — Acenou. — Como você está? Conseguiu se recuperar do cansaço da viagem para Kyushu? — perguntou enquanto sorvia chá de uma xícara grande do tipo usado em restaurantes de sushi.

— Sim, dormi duas noites e estou bem — Mihara replicou sorrindo.

— Hum. Eu queria te dar um dia de folga, mas as coisas estão bem corridas. Espero que compreenda.

— Está tudo bem.

— A propósito, sobre Tatsuo Yasuda — o inspetor começou a falar sobre trabalho. — Bem, sente-se ali.

— Ah.

Mihara sentou-se na cadeira no lado oposto da mesa.

— Pelo que levantamos, Yasuda tem razoáveis conexões com o Ministério XX!

— É mesmo?

— O volume fornecido ainda não é tão significativo, mas ele mantém uma relação muito próxima com Yoshio Ishida, chefe da Divisão XX.

— Oh. Com Ishida? — Mihara instintivamente olhou para o rosto do inspetor.

Yoshio Ishida era um figurão do Ministério XX e chefe da Divisão XX, atualmente envolvida no escândalo de corrupção. Ele era reconhecido no ministério por sua inteligência e competência, mas as investigações internas o apontavam como suspeito no caso.

— Hum. Eles são muito próximos. É uma informação importante.

— Com certeza.

Mihara se lembrou de Tatsuo Yasuda, com quem se encontrara na véspera. Não havia dúvidas de que era um homem perspicaz. Notava-se nos seus encantadores olhos redondos os movimentos peculiares a um astucioso empresário. No dia anterior Mihara se sentira intimidado por Yasuda, como se a autoconfiança dele em seu trabalho exercesse algum tipo de pressão sobre as pessoas. Realmente, imaginava que um homem como ele com certeza conquistaria o chefe de divisão Ishida caso fosse essa sua intenção.

— Então, qual a relação entre Yasuda e o falecido Sayama? — Mihara perguntou.

— Hum. Pelo visto você também tem pensado nisso, não? Porém, inusitadamente, a relação entre eles é bem frágil! — o inspetor disse, segurando a grande xícara com ambas as mãos. — Na qualidade de chefe de divisão adjunto da Divisão XX, Sayama estava bastante a par dos procedimentos administrativos, logo, é difícil crer que não tivesse ligações com Yasuda. Porém, de acordo com o resultado das investigações até o momento, não parece haver indícios de que haja algo além de uma relação de negócios comum entre um funcionário público e um comerciante. Ainda não descobrimos fatos que nos levem à existência de algum pacto por baixo dos panos entre eles.

— É mesmo?

O inspetor ofereceu um cigarro a Mihara. Ele o pegou e acendeu. Era um Shinsei.

— O que acha de investigarmos Yasuda um pouco mais a fundo?

O inspetor Kasai inclinou a cabeça para a frente. O gesto indicava que ele estava interessado.

— Parece necessário. Eu gostaria de tentar — Mihara anuiu observando os olhos brilhantes do inspetor.

— É a questão do fortuito ou premeditado — o inspetor de súbito repetiu o que dissera na véspera. Dizê-lo era uma prova do seu bom humor.

— Premeditado, eu diria. O plano relacionado ao intervalo de quatro minutos. É baixíssima a possibilidade de ter sido mero acaso.

— Você não disse ontem que se formos atrás da necessidade do plano, descobriremos seu objetivo?

— Sim, falei.

— Por que Yasuda precisava que outras testemunhas, além dele próprio, avistassem Sayama e Otoki partindo em uma viagem rumo ao suicídio? Segundo você, pode-se deduzir que o plano era criar essas testemunhas *para tudo parecer natural*, não?

— Isso mesmo. É essa minha opinião.

— Entendi. Também tenho essa impressão — o inspetor voltou a concordar. — Então, você tem carta branca para seguir em frente.

Mihara apagou o cigarro no cinzeiro.

— Entendido. Vou dar o meu melhor — disse, fazendo uma leve reverência com a cabeça.

Porém, o inspetor estava relutante em deixar Mihara partir de imediato.

— Por onde você pretende começar? — perguntou. Apesar do jeito casual, via-se em sua fisionomia o quanto estava excitado.

— Em primeiro lugar, vamos verificar os movimentos de Yasuda entre 19 e 21 de janeiro — Mihara explicou. O inspetor olhou o vazio, pensativo.

— Dias 19, 20 e 21. Como os corpos foram descobertos em Kashii na manhã do dia 21, você pretende investigar os dois dias anteriores. Eles equivaleriam à distância entre Tóquio e Kyushu?

— Isso mesmo. Nesse sentido, o dia 22 seria necessário?

— São pouco mais de vinte horas. Pelo trem expresso são 17 horas e 25 minutos, no caso do Asakaze.

— Realmente. Gastam-se cerca de quarenta horas indo e vindo.

Ainda segurando o cigarro, o inspetor coçou o canto do olho com o polegar.

2.

Mihara foi levado à mesma sala de visitas do dia anterior. A moça que trouxe chá lhe pediu para esperar, pois o chefe, Tatsuo Yasuda, estava em uma ligação telefônica. Como ele custava a aparecer, Mihara contemplou vagamente uma natureza-morta a óleo pendurada na parede. Justo quando pensava que o telefonema de negócios estava se alongando demais, Tatsuo Yasuda entrou na sala, sorridente.

— Ah, desculpe-me por fazê-lo esperar.

Assim como na véspera, Mihara se sentiu intimidado pela postura de Yasuda.

— Sinto muito incomodá-lo quando está tão ocupado — Mihara fez menção de se levantar para cumprimentá-lo.

— Não, não, por favor, fique sentado. Estava numa ligação e tive de fazê-lo aguardar — Yasuda explicou serenamente, continuando a sorrir.

— Que ótimo que tenha bastante trabalho.

— Obrigado. Esse longo telefonema, no entanto, não era de negócios! Estava conversando com o pessoal da minha casa em Kamakura.

— Ah, sua esposa? — Mihara se lembrou da conversa do dia anterior sobre a esposa de Yasuda estar convalescendo em Kamakura.

— Não, era a senhora que cuida dela. O estado de saúde de minha esposa não é muito animador nesses últimos tempos. Como não posso ir todo dia a Kamakura, me informo de sua condição por telefone — Yasuda declarou, sem deixar de sorrir.

— Posso imaginar sua preocupação.

— Obrigado.

— A propósito, hoje eu o estou visitando para mais uma pergunta! — Mihara começou a falar tentando, na medida do possível, manter um tom casual.

— Ah, o que seria? — A expressão de Yasuda não demonstrava inquietude.

— Sei que algum tempo se passou desde então, mas gostaria de perguntar se você estava em Tóquio entre 20 e 22 de janeiro deste ano? — Mihara disse, e Yasuda riu.

— Será que estou sob algum tipo de suspeita?

— Não, não é isso. É meramente como referência.

Mihara supôs que Yasuda fosse falar algo ligado ao suicídio de Sayama, mas ele não tocou no assunto. Era impossível depreender pela sua expressão facial como ele interpretara o sentido do intervalo de tempo entre os dias 20 e 22.

— Deixe-me ver, 20 de janeiro, correto?

Yasuda refletiu por um momento, mas logo abriu a gaveta da mesa e tirou dela uma cadernetinha. Folheou as páginas.

— Ah, sim. Nesses dias eu estava em viagem de negócios em Hokkaido.

— Hã? Hokkaido?

— Temos um cliente importante em Sapporo, a Futaba Shokai. Fui visitá-los. Permaneci apenas dois dias, retornando a Tóquio no dia 25 — Yasuda informou checando a caderneta.

Hokkaido... Mihara estava atônito. Afinal, em relação a Kyushu, era a extremidade oposta do Japão.

— Deseja que eu entre em detalhes? — Yasuda indagou observando o rosto de Mihara com o canto dos olhos franzidos.

— Sim, por favor. Gostaria de saber.

Fosse como fosse, Mihara pegou sua caderneta e o lápis.

— Eu peguei o expresso Towada das 19h15 em Ueno no dia 20.

— Um momento. Você viajou sozinho?

— Sim. Quando viajo a negócios, em geral vou apenas eu.

— Entendi. Por favor, continue.

— Cheguei a Aomori às 9h09 da manhã seguinte. Peguei o ferry ligando Aomori a Hakodate que partiu às 9h50 — Yasuda informou, checando as anotações em sua caderneta. — O ferry chegou a Hakodate às 14h20. Há uma conexão com o trem expresso rumo a Nemuro. É o Marimo das 14h50. Cheguei a Sapporo às 20h34. O sr. Kawanishi da Futaba Shokai veio até a estação me buscar e me levou até a estalagem Maruso na cidade. Essa foi a noite do dia 21. Eu me hospedei ali nos dias 22 e 23 e parti de Hokkaido no dia 24, regressando a Tóquio no dia 25.

Mihara anotou tudo na caderneta.

— O que acha? Essas informações são suficientes? — Yasuda perguntou, deixando de lado a caderneta e sempre sorrindo.

— Entendi bem. Muito obrigado — Mihara agradeceu abrindo também um sorriso.

— Seu trabalho também não é nada fácil. É preciso investigar muitas coisas. — Embora Yasuda o tenha dito num tom tranquilo, soou um pouco sarcástico aos ouvidos de Mihara.

— Por favor, não se chateie. É apenas para nos tranquilizarmos.

— Claro, claro. Não me aborrece nem um pouco. Volte caso tenha mais perguntas.

— Peço desculpas por ter tomado seu tempo.

Yasuda levou Mihara até a saída. Como sempre, estava sereno e sem sinais de inquietude.

Antes de retornar à agência, Mihara foi até sua cafeteria favorita em Yurakucho, pediu um café e, enquanto checava a caderneta, resumiu em uma folha de papel o que Yasuda lhe dissera.

> 20 de janeiro. Partida de Ueno às 19h15 (Towada) → Chegada a Aomori às 9h09 do dia 21. Partida de Aomori às 9h50 (ferry entre Aomori e Hakodate) → Chegada a Hakodate às 14h20. Partida de Hakodate às 14h50 (Marimo) → Chegada a Sapporo às 20h34 (uma pessoa veio buscá-lo na estação).
>
> Do dia 21 até o dia 24, estadia na estalagem Maruso. Partiu nesse dia, chegando a Tóquio no dia 25.

Enquanto Mihara observava os horários, a garçonete chegou trazendo seu café.

— Ah, sr. Mihara. Vai viajar para Hokkaido? — ela perguntou, descendo o olhar sobre o papel.

— Humm. Provavelmente — Mihara respondeu com um sorriso amargo.

— Que maravilha. Dia desses acabou de viajar para Kyushu e agora vai para Hokkaido? Está percorrendo os extremos do país! — ela comentou com certa inveja.

Realmente. Pode-se dizer que o caso se estendeu de uma ponta a outra do Japão.

3.

Ao retornar à agência, Mihara fez seu relatório ao inspetor Kasai. Apresentou a conversa com Yasuda e a tabela de horários que havia elaborado.

— Hum. Hum. Realmente. — O inspetor observava, atento, a tabela. — Mas Hokkaido foi uma surpresa. É a direção totalmente oposta a Kyushu.

— Isso mesmo. Fiquei meio decepcionado. — Mihara de fato pensava assim.

— Será que ele fala a verdade? — o inspetor questionou com o queixo entre as mãos.

— Yasuda é um homem esperto. Ele não inventaria uma mentira que poderia ser revelada com facilidade.

— Hum. Mas é preciso verificar a história que ele contou.

— Lógico. Vou pedir à polícia de Sapporo para checar a pessoa da Futaba Shokai que recepcionou Yasuda na estação, e também a estalagem onde ele supostamente se hospedou.

— Bom. Faça isso.

Quando Mihara fez menção de se levantar da cadeira, o inspetor o interrompeu.

— Um minuto. O que me diz da família de Yasuda?

— Bem, sua esposa está com tuberculose. Eles vivem separados. Ela está em Kamakura.

— Ah, sim. Você falou ontem. Por isso ele provavelmente sabia do tal intervalo de quatro minutos, uma vez que vai com frequência até lá.

— Isso mesmo. A saúde dela parece estar se deteriorando. Hoje mesmo, quando estive lá, ele estava telefonando para Kamakura.

— É mesmo? Então ele está sozinho aqui?

Yasuda tinha uma casa em Asagaya, onde morava com duas criadas. Mihara havia investigado. Ao ouvir isso, o inspetor apenas o olhou vagamente, sem dizer nada.

Mihara mandou um longo telegrama para o posto de polícia central de Sapporo. Com sorte a resposta viria no dia seguinte ou em dois dias. Porém, ele não tinha muitas expectativas. Afinal, não imaginava que Tatsuo Yasuda pregaria uma mentira descarada. Ele não era do tipo que se descuidava a esse ponto.

Mihara se sentiu perdido. Talvez no fundo ansiasse pela resposta do telegrama. Algo parecido a uma inquietude inexplicável brotava nele.

Provavelmente em função desse estado de espírito, um novo pensamento lhe ocorreu.

"Será que a esposa de Yasuda está mesmo convalescendo em Kamakura?", foi sua ligeira dúvida.

Ele não acreditava que a esposa de Yasuda estivesse envolvida no caso. No entanto, embora parecesse maçante, sua mente não conseguia se desvencilhar da questão da janela de quatro minutos. Yasuda descobrira isso nas suas idas e vindas a Kamakura para visitar a esposa enferma. A súbita dúvida de Mihara estava ligada a isso. E se não fosse a esposa, mas outra pessoa vivendo lá? A viagem de Yasuda para Hokkaido seria sem dúvida confirmada. Yasuda sabia da possibilidade de ser investigado. Todavia, o fato de a esposa estar acamada era algo em que qualquer pessoa acreditaria com facilidade. De tão banal, forma a ilusão de algo óbvio. Pensando bem, isso criava um ponto cego na sua dúvida.

"Isso é realmente um perigo", Mihara murmurou se admoestando.

Mihara olhou para o assento vazio do inspetor. Escreveu um recado: "Vou a Kamakura", colocou-o sobre a mesa e saiu da agência. Saindo nesse horário, provavelmente retornaria apenas à noite.

Ele comprou uma caixa de doces em uma loja da famosa galeria comercial em frente à estação de Tóquio. Por via das dúvidas, era necessário levar uma lembrança, caso ela estivesse realmente convalescendo.

Ele subiu à plataforma 13 e embarcou no trem estacionado. Olhando dali, não pôde enxergar a plataforma 15, de fato bloqueada por um trem na plataforma 14.

"Incrível ele ter percebido esse intervalo de quatro minutos", Mihara notou de novo. Realmente não era coincidência, parecia ter sido planejado por Yasuda. "Ele teria pressentido que em algum momento seria investigado? Ele se preparou para isso, fazendo as duas garçonetes do Koyuki testemunharem. Precisava de testemunhas oculares", Mihara intuiu.

O trem começou a se mover. Durante o trajeto de cerca de uma hora até Kamakura, um turbilhão de pensamentos agitou a mente de Mihara. Com certeza havia algo suspeito no comportamento de Yasuda. Mas o quê? Tratava-se do duplo suicídio amoroso de um casal, não? Qual o motivo para criar testemunhas? Mihara ignorava a intenção.

Além disso, entre a noite do dia 20, quando Sayama e Otoki se suicidaram, e o dia 21, Tatsuo Yasuda estava a caminho de Hokkaido. Kyushu e Hokkaido, Kyushu e Hokkaido. Impossível conectar os dois.

Ao chegar à estação de Kamakura, Mihara embarcou no bonde rumo a Enoshima. O interior estava lotado de alunos da escola primária em viagem de estudos, pareciam um bando de andorinhas trinando.

Ele desceu na parada de Gokurakuji. Desconhecia o endereço, mas como as residências formavam uma espécie de vilarejo, reunidas em um local parecido com um vale, se a casa realmente existisse não seria difícil encontrá-la.

Mihara entrou no posto policial e se identificou ao jovem oficial. Perguntou a ele se alguma família Yasuda morava nos arredores.

— É a casa onde a esposa está acamada? — o policial perguntou.

Ao ouvir essas palavras, Mihara sentiu uma estranha decepção. Então era tudo verdade. Yasuda não mentira.

Tendo chegado até ali, resolveu seguir em frente. Segurando a caixa de doces, caminhou na direção indicada.

Era um local tranquilo. Ainda havia casas com telhado de sapê. De um lado, via-se a montanha, e para além dos telhados das casas podia-se avistar o mar azul-anil.

9. Paisagem com números

I.

A casa se situava na parte inferior de uma ladeira de inclinação leve afastada da rua do bonde. Nos arredores, havia muitas residências com cercas de bambu e cedro. A de Yasuda era uma casa térrea acolhedora, com heras espessas na cerca de cedro, bem apropriada ao descanso da esposa doente.

Pelo vão entre as casas podia-se vislumbrar parte do mar azul-anil.

Mihara tocou a campainha. Ouviu o som ecoar por todo o interior da casa. Respirou fundo. Sabia da dificuldade que implicava aquela visita.

Uma criada cinquentona abriu a porta.

— Sou Mihara. Venho de Tóquio. Conheço o sr. Yasuda e como estava nas vizinhanças pensei em fazer uma visita à sua esposa enferma.

A senhora ouviu com atenção, o corpo curvado, e logo foi anunciar o visitante.

Pouco depois ela reapareceu, ajoelhou-se cerimoniosamente no chão e disse:

— Por favor, entre.

Ela o conduziu até uma sala em estilo tradicional. O cômodo tinha oito tatames, cerca de quatro metros quadrados. Os raios de sol infiltravam-se pela janela de vidro do lado sul até metade do recinto. Nesse ponto havia um futom estirado como cama. O sol intenso de início de primavera enchia de brilho a alvura do futom.

Uma mulher de rosto pálido esperava o visitante sentada sobre o futom. A velha criada colocou uma jaqueta *haori* sobre os ombros da patroa. A jaqueta de tecido vermelho-escuro realçou de súbito a mulher e o futom, imprimindo-lhes uma estranha luminosidade. A mulher devia ter pouco mais de trinta anos. Seus cabelos estavam displicentemente presos, e no rosto fino a maquiagem leve parecia ter sido feita às pressas para receber a visita.

— Muito prazer. Desculpe-me por ter vindo sem avisar — ele disse. — Chamo-me Mihara e conheci seu marido em Tóquio. Estava nas redondezas e, apesar de saber que é deselegante aparecer sem avisar, senti que deveria fazer uma visita — Mihara declarou, não achando de bom-tom entregar um cartão de visita com o nome da Agência de Polícia Metropolitana.

— É muita gentileza sua. Sou a esposa de Yasuda. Fico feliz que conheça meu marido.

Era uma linda mulher. Olhos grandes, nariz fino. Linhas acentuadas indo das bochechas ao queixo, mas sem qualquer sinal de abatimento mórbido. Certa palidez aliada à testa larga lhe imprimia um ar inteligente.

— Como está se sentindo? — Mihara perguntou. A sensação de que a estava enganando pairava por trás de suas palavras.

— Obrigada por perguntar. É uma doença longa e não tenho esperanças de melhorar rápido — ela declarou com um leve sorriso nos lábios miúdos.

— Sinto muitíssimo. Porém, o tempo tem esquentado e deve ser bom para o corpo. O inverno este ano me pareceu demasiado frio.

— O tempo é bom nesta região — ela declarou com os olhos contraídos pelo sol que atravessava a janela de vidro. — O inverno foi ameno, com uma diferença de cerca de três graus daqui para Tóquio. Mesmo assim estava frio. Alegra-me que esteja esquentando nos últimos tempos.

Depois disso, levantou os olhos para Mihara, lindos, límpidos, e um olhar cujo efeito produzido sobre as pessoas ela devia conhecer bem.

— Desculpe a pergunta, mas você conhece meu marido do trabalho?

— Posso dizer que sim — Mihara respondeu vagamente. Era uma situação complicada. Ele pretendia explicar depois para Yasuda.

— É mesmo? Tenho certeza de que meu marido pode contar com seu suporte.

— Ao contrário, sou eu quem deve muito a ele — Mihara sentiu a testa transpirar. — O seu marido costuma vir vê-la com frequência? — ele mudou às pressas o assunto.

— Ele vive ocupado. Mesmo assim, aparece uma vez por semana — ela respondeu com um sorriso franco.

Isso corroborava a explicação de Yasuda.

— Que bom que ele tenha bastante trabalho. Mas deve ser muito duro para a senhora.

Enquanto falava, Mihara olhava discretamente ao redor o quarto da doente. Havia muitos livros empilhados ao lado da cama, sinal de que por estar enferma ela devia se sentir entediada. No topo da pilha estava uma revista literária. Ele se surpreendeu um pouco que ela lesse esse tipo de revista, e não as de entretenimento. Sobre outra pilha havia um romance traduzido. Mas, logo abaixo, estava empilhado *algo parecido com revistas de tamanho um pouco menor* mas com a mesma grossura. Como as capas estavam escondidas, era impossível saber o que eram.

A velha criada trouxe chá. Mihara se ajeitou no assento, em dúvida se não seria a hora de se levantar.

— Desculpe-me por ter vindo de repente, sem avisar antes. Faço votos de que sua saúde melhore.

A sra. Yasuda levantou os olhos brilhantes para Mihara. Olhos límpidos quase azulados pela luz.

— Agradeço a visita.

Quando ele lhe entregou os doces de presente, da cama ela fez uma vênia. Mihara percebeu pela primeira vez como seus ombros eram finos.

A velha criada o conduziu até a porta. Enquanto calçava os sapatos, Mihara perguntou discretamente em voz baixa:

— Quem é o médico que cuida dela?

— O dr. Hasegawa. Seu consultório fica em Daibutsumae — ela respondeu sem pestanejar. Foi simpático ela dar essa informação tão facilmente.

2.

Mihara tomou o bonde da linha Enoshima e saltou em Daibutsumae. Assim como antes, um bando de alunos da escola primária fez alvoroço durante o trajeto.

Ele logo localizou a clínica Hasegawa. Ali apresentou normalmente seu cartão de visita.

O dr. Hasegawa, diretor da clínica, era um homem obeso de rosto afogueado e cabelos brancos bem penteados. Colocou o cartão de visita sobre a mesa e Mihara se sentou em frente a ele.

— Gostaria de perguntar sobre a condição de saúde da sra. Yasuda — Mihara explicou.

Depois de passar os olhos estreitos pelo cartão de visita, o diretor da clínica voltou a olhar o rosto de Mihara.

— Você está aqui em missão oficial?

— Bem, sim.

— É algo que tenha a ver com a vida privada da minha paciente? — o diretor perguntou.

— Não, nada do tipo. Quero apenas saber sobre a doença daquela senhora. Informações gerais serão suficientes.

Ao ouvir Mihara, o diretor concordou com a cabeça. Depois, pediu à enfermeira que lhe trouxesse o prontuário da paciente.

— Ela tem tuberculose pulmonar disseminada, uma doença morosa e de difícil tratamento. Ela está enferma há três anos, mas, para ser sincero, a possibilidade de cura é ínfima. Eu o informei ao marido, o sr. Yasuda. Bem, o objetivo é manter a condição por meio de injeções de um novo medicamento — explicou.

— Então ela está fadada a permanecer acamada?

— Ela pode se levantar, mas sair de casa é muito complicado.

— Nessa condição ela não pode nunca sair? — Mihara perguntou.

— Não, ela pode fazer passeios. Ela tem parentes em Yugawara. Às vezes vai visitá-los e passa um ou dois dias. É o máximo que consegue — o médico respondeu.

— Sendo assim, o senhor a visita diariamente?

— Sua condição não apresenta mudanças repentinas, então não vou todo dia. Decidi ir examiná-la às terças e sextas. Além disso, algumas vezes eu a visito também no domingo à tarde.

Vendo a expressão de surpresa no rosto de Mihara, o médico sorriu.

— A sra. Yasuda tem a literatura como passatempo. Pacientes com longa convalescença como ela tendem a escrever poemas como haiku ou *waka*, mas ela lê bastantes romances e aparentemente já escreveu alguns textos curtos.

Enquanto Mihara ouvia o diretor, se recordou das revistas literárias e dos livros traduzidos que vira no quarto da doente.

— Na realidade, eu também me interesso por literatura. Tenho amizade com Masao Kume, o romancista. Muitos escritores vivem agora em Kamakura, mas eu só conheço ele. Com a minha idade, me envergonho de me embrenhar no mundo literário. Mesmo assim, por ser um aficionado, faço parte de um grupo formado apenas por amigos idosos que escrevem ensaios ou compõem poesia *waka* e reúnem as obras em uma revistinha de poucas páginas de publicação trimestral. É um passatempo, assim como o bonsai é para outras pessoas. Como é um hobby que tenho em comum com a sra. Yasuda, por vezes eu a visito no domingo para conversarmos sobre literatura. Ela também fica feliz com isso. Uns seis meses atrás recebi dela o manuscrito de um ensaio de sua autoria.

Animado com um tema de seu interesse, o diretor perguntou se Mihara gostaria de ver a revista em que o ensaio fora publicado.

— Aqui está!

Era uma revista fina, de umas trinta páginas, em cuja capa se via escrito *Nanrin*. Mihara consultou o índice e abriu em uma página.

Sob o título "Paisagem com números", havia o nome "Ryoko Yasuda". Assim, Mihara ficou sabendo que o nome da senhora era Ryoko. Ele começou a ler o ensaio com o curioso título.

> Por estar acamada por longo tempo, sinto vontade de ler diversos livros. No entanto, todos os romances atuais se tornaram enfadonhos. Frequentemente, tendo lido até um terço do livro, perco o interesse e o fecho. Certo dia, meu marido, ao partir, esqueceu o livreto com as tabelas de horários dos trens. Entediada, eu o peguei. Por estar acamada, viagens estão fora de cogitação, mas me surpreendi ao ver como esse livreto é interessante. Muito mais intrigante do que um romance mal escrito. Meu marido viaja bastante a trabalho e vive comprando livretos com as tabelas de horários de trem. Na realidade, parece estar bem acostumado com eles por razões práticas, mas uma doente acamada como eu depreende deles um interesse não prático.

Nas tabelas de horários consta o nome das estações de trem de todo o Japão, mas conforme lia uma por uma imaginava até mesmo as paisagens desses lugares. As linhas de trens locais são as que mais despertam minha imaginação. Toyotsu, Saigawa, Sakiyama, Yusubaru, Magarikane, Ita, Gotoji: nomes de estações de linhas interioranas da ilha de Kyushu. Shinjo, Masukata, Tsuya, Furukuchi, Takaya, Karikawa, Amarume: linhas de ramais ferroviários da região de Tohoku. O nome Yusubaru suscita em minha imaginação um vilarejo na garganta de uma montanha repleto de densas florestas do sul, e Amarume, um desolado distrito de Tohoku coberto por um céu cinzento. Em minha mente vejo montanhas cercando esses vilarejos e distritos, o aspecto das casas e até pessoas caminhando. Lembro da seguinte frase no livro *Tsurezuregusa*: "Mais do que ao ouvir o nome, sinto-me mais à vontade vendo a face". O mesmo se passa comigo com relação a lugares. Quando estava ociosa, era divertido abrir à revelia uma página das tabelas de horários. E me entretinha por conta própria com Sanin, Shikoku ou Hokuriku.

A partir daí minha imaginação se estendia para o reino dos horários. Por exemplo, eu olhava casualmente para o meu relógio. Eram 13h36. Folheava as páginas à cata do nome de uma estação com um trem nesse horário. Descobria que o trem 122 chegara à estação Sekiya da linha Echigo. Também na linha principal Kagoshima, o trem 139 desembarcava passageiros em Akune. Em Hidamiyata o trem 815 chegava nesse horário. E trens estavam estacionados nas plataformas em Fuju na linha Sanyo, Iida em Shinshu, Kusano na linha Joban, Higashinoshiro na linha principal Ou, e Oji na linha principal Kansai.

No momento em que eu estava acamada olhando meus finos dedos, trens estavam parados em vários locais em todo o país. Multidões de pessoas, de diferentes estilos de vida, embarcavam e desembarcavam. Fechava os olhos imaginando a cena. Dessa forma, descobri nessas tabelas de horários a estação de cada linha e o horário em que os trens se cruzam. É fascinante! O cruzamento dos trens é temporalmente inevitável, mas o dos movimentos espaciais dos passageiros é fortuito. Nesse momento, podia fantasiar sem parar a vida das pessoas que passam por esses vários locais se entrecruzando. Eu tinha um interesse muito maior por essas minhas fantasias do que pelos romances criados pela imaginação de terceiros. Um prazer solitário e vacilante.

As tabelas de horários repletas de ideogramas e números recentemente se tornaram minha leitura mais apreciada.

— É uma ideia interessante, não acha? — o diretor abriu a boca após esperar que Mihara terminasse de ler. Seus olhos semicerravam ainda mais quando ria. — Deve ser por estar acamada que pensa essas coisas.

— Com certeza — Mihara concordou sem ânimo, devolvendo a revista. Mais do que a maneira de sentir de Ryoko Yasuda, Mihara atentou para as frases que ela escrevera no início do texto: "Meu marido viaja bastante a trabalho e vive comprando livretos com as tabelas de horários de trem. Na realidade, parece estar bem acostumado com eles", e por um tempo se esqueceu da presença do diretor.

3.

Mihara retornou à agência por volta das 20h. O inspetor Kasai já havia ido para casa. Sobre a mesa, debaixo de um vidro de tinta, havia um telegrama. "Chegou rápido", Mihara pensou. Ainda de pé, ele se apressou em abri-lo. Como imaginava, era do posto de polícia central de Sapporo, em Hokkaido, em resposta à sua consulta.

> *Kawanishi, Futaba Shokai, confirmou encontro Yasuda estação de Sapporo 21 de janeiro. Dias 21 a 24, Yasuda hospedou estalagem Maruso.*

De certa forma ele esperava a confirmação. Ainda assim, Mihara se sentou na cadeira um pouco decepcionado.

"Kawanishi se encontrou com certeza com Yasuda na estação de Sapporo no dia 21 de janeiro. E nos dias seguintes ficou na estalagem Maruso. Exatamente como Yasuda dissera."

Mihara acendeu um cigarro. Estava sozinho na sala. Podia pensar com tranquilidade.

A resposta estava dentro do esperado. Em nada contradizia a justificativa de Yasuda. Ele não diria algo que logo seria desmentido. Sendo assim, de fato chegara a Hokkaido no dia 21. O dia 20 foi o da decisão de Sayama e Otoki de se suicidarem em Kyushu, e na manhã do dia 21 seus corpos foram descobertos. Nesse momento, Yasuda estava dentro do trem expresso Towada se dirigindo a Hokkaido. Do contrário, não poderia ter se encontrado na estação de Sapporo com o homem da Futaba Shokai chamado Kawanishi.

Todavia, Mihara não tirava da cabeça que Yasuda aproveitara habilmente a janela de quatro minutos na estação de Tóquio, criando testemunhas oculares da partida de Sayama e Otoki. Ainda não compreendia qual teria sido seu objetivo. De alguma forma ele conectava as ações de Yasuda nos dias 20 (nessa noite, Sayama e Otoki cometeram o duplo suicídio) e 21 em Kyushu. Tinha consciência do quanto estava obstinado a fazer essa conexão. Porém, na realidade Yasuda se movimentara na direção contrária de Kyushu. Em vez de ir para oeste, viajara para o norte!

"Espere um pouco. É estranho ele ter ido na direção oposta."

Mihara acendeu um segundo cigarro. Ele sentiu algo deliberado no fato de Yasuda ter ido no rumo contrário. Teria sido planejado, assim como o tal intervalo de quatro minutos?

Mihara teve uma ideia. Tirou da gaveta o envelope contendo os documentos da investigação do caso Sayama. O detetive Torigai da polícia de Fukuoka havia sido extremamente gentil em reuni-los. Ele se lembrou, depois de tanto tempo, do rosto magro e das rugas no canto dos olhos de Torigai. O duplo suicídio de Sayama e Otoki — eles se envenenaram com cianeto — ocorrera entre 22h e 23h do dia 20 de janeiro, de acordo com o relatório da autópsia nos cadáveres.

Mihara pegou o livreto de horários de trens guardado na agência e o folheou. Naquele horário, o expresso Towada seguia pela linha Joban a partir de Nakoso, famosa por suas antigas ruínas, passando por Taira e continuando a avançar por Hisanohama e Hirono.

Em seguida, ele procurou ver o horário das 6h30 da manhã do dia 21, quando os corpos foram encontrados, e descobriu que o trem acabara de partir da estação Ichinohe na província de Iwate. Se Yasuda estivesse nesse trem, estaria tanto temporal quando espacialmente dissociado por completo dos acontecimentos na praia de Kashii, em Kyushu.

Enquanto Mihara ponderava sobre isso, percebeu que sua maneira de ver as tabelas de horários era parecida com a que a sra. Yasuda descrevera na revista. Ele abriu um sorriso amargo.

A esposa escrevera que o marido estava acostumado com as tabelas de horários de trens. Isso significaria que ele as conhecia a fundo?

"Há algo aí. Teria ele usado os horários dos trens como um álibi?", pensou.

Era estranho falar de álibi. Afinal, tinha sido confirmado que Yasuda não estava em Tóquio. Um álibi, nesse caso, significaria provar sua ausência, ou seja, que "ele não havia ido a Kyushu".

Mihara pegou de novo o telegrama e, ao terminar de relê-lo, brincou com a extremidade do papel entre os dedos. Ele estava certo de que seu teor era confiável. Os fatos eram aqueles, com certeza. No entanto, sentia como se estivesse observando a fachada de um edifício a partir da rua em frente. Tinha a impressão de que um plano invisível era executado em algum lugar dentro dele.

"Preciso ir a Hokkaido", falou para si.

Para descobrir o que havia de errado no edifício, a princípio tinha de investigar batendo diretamente nele.

Mihara decidiu verificar por conta própria, tocando cada ponto do edifício e vendo quais reações obteria.

Na manhã seguinte, foi à mesa do inspetor Kasai assim que ele chegou à agência.

— Recebi resposta de Sapporo.

Ele mostrou o telegrama ao inspetor. Depois de lê-lo, Kasai levantou os olhos para Mihara.

— Isso confirma a história de Yasuda.

— Bem, sim.

— Sente-se — disse, deduzindo que Mihara desejava ter uma longa conversa com ele.

— Na realidade, ontem eu fui a Kamakura. Depois que você saiu.

— Ah, sim. Vi o seu recado.

— Fui me encontrar com a esposa de Yasuda. Meu objetivo era checar a veracidade da história, mas ela de fato estava acamada devido à tuberculose.

— Então tudo o que Yasuda diz é verossímil.

— Bem, a princípio parece ser. Porém, houve algo interessante.

Mihara falou sobre o ensaio escrito pela esposa de Yasuda mostrado pelo médico, no qual dizia que o marido conhecia em minúcias as tabelas de horários das linhas ferroviárias.

— Realmente, é interessante. — O inspetor cruzou as mãos sobre a mesa. — Isso explicaria o uso do intervalo de quatro minutos da estação de Tóquio.

— Também penso assim — Mihara afirmou, animado pelo interesse demonstrado pelo inspetor. — O plano de Yasuda de criar testemunhas no intervalo de quatro minutos fortalece a impressão de que ele desempenha algum papel no suicídio do chefe de divisão adjunto Sayama. É apenas um palpite. Ignoro que papel seja esse. Entretanto, sem dúvida há algo.

Mihara intuía um crime nos suicídios.

— Exatamente. — O inspetor era da mesma opinião.

— Por isso, gostaria que me autorizasse a ir a Hokkaido. Custo a aceitar que no dia dos suicídios Yasuda estivesse a caminho de lá. Apesar de confiar no relatório do posto de polícia central de Sapporo, tenho a impressão de que há fatos ainda por desvendar. Quando os descobrirmos, acredito que solucionaremos o mistério de Yasuda ter precisado de testemunhas oculares para a partida de Sayama na estação de Tóquio.

O inspetor não respondeu de pronto, desviou os olhos e permaneceu pensativo.

— Está bem. Afinal, chegamos até aqui. Vá e investigue. Eu explicarei ao chefe do departamento — disse de repente.

Sua maneira de falar era um pouco estranha. Mihara instintivamente olhou para a expressão no rosto dele.

— O chefe do departamento se opõe a esta investigação?

— Não se pode dizer que seja contrário a ela — o inspetor respondeu ambiguamente. — Ele me disse uma vez que seria inútil aprofundar as investigações em um visível caso de duplo suicídio amoroso. Nesse sentido, ele não estava muito favorável. Porém, não se preocupe. Vou convencê-lo.

O inspetor Kasai sorriu como se quisesse consolar Mihara.

10.
Testemunha de Hokkaido

1.

Na noite seguinte, Mihara tomou o expresso Towada na estação de Ueno.

Era o mesmo trem no qual Yasuda afirmara haver embarcado. Além do bom motivo de ser um jeito prático de ir a Hokkaido, a viagem também pretendia ser uma "investigação in loco" sobre Yasuda.

Depois de passar por Taira, Mihara adormeceu. Até então, as duas pessoas sentadas à sua frente falavam alto no dialeto de Tohoku. Isso o deixava tenso e o impedia de repousar. Porém, por volta das 21h, o sono começou lentamente a se apoderar dele devido ao cansaço pelo dia. Em Sendai ele foi acordado pelo barulho ao redor, mas depois voltou a dormir até o trem parar em Asamushi.

O mar parecia fresco, em meio a espumas bem brancas logo após o alvorecer. Dentro do trem, os passageiros começaram a se preparar para descer.

O condutor apareceu. De pé na entrada do vagão, cumprimentou com um bom-dia os passageiros.

— Mais um pouco chegaremos à estação Aomori, nosso ponto final. Todos vocês devem estar exaustos com a longa viagem. Aqueles que forem atravessar o canal para Hakodate pelo ferry, por favor, incluam os dados na lista de viajantes. Vou distribuir agora os formulários.

O condutor começou a entregar os papéis aos passageiros que levantaram a mão. Era a primeira vez que Mihara ia a Hokkaido. Ele recebeu o formulário.

Apesar de ser um único registro de nomes, por alguma razão era preciso inserir nas colunas A e B os mesmos dados. Ele entregou o formulário ao encarregado na catraca ao sair da estação.

O trem chegou a Aomori às 9h09. Faltava 41 minutos para a saída do ferry, mas os passageiros correram desvairados pela longa plataforma para poder assegurar bons assentos. Mihara foi empurrado algumas vezes.

Ele chegou a Hakodate às 14h20. Esperou por meia hora pela partida do expresso Marimo. As conexões entre o ferry e o trem se assemelhavam aos elos de uma corrente.

Nas cinco horas e meia que se seguiram, ele contemplou pela primeira vez a paisagem de Hokkaido até acabar entediado. Quando chegou de noite à estação de Sapporo estava exausto. Yasuda provavelmente viera a partir de Ueno bem relaxado no vagão-leito de segunda classe ou em um assento especial. Ele não poderia esperar ter o mesmo luxo com as despesas de viagem reduzidas de um detetive policial. Sua lombar doía.

Ele pernoitou em um albergue de preço módico em frente à estação, conforme lhe foi indicado. Caso se hospedasse na Maruso mataria dois coelhos com uma cajadada só, pois poderia investigar também os passos de Yasuda, mas com as despesas de viagem limitadas foi obrigado a ter paciência.

Começou a chover. Enquanto ouvia o ruído da chuva, exausto e apático, acabou adormecendo.

Acordou de súbito já passadas as dez da manhã. A chuva da noite anterior cessara, e os raios de sol espraiavam sobre os tatames. Sentiu frio, o que o fez ter a impressão de que estava realmente em Hokkaido.

Depois de tomar o café da manhã, foi ao posto de polícia central de Sapporo. Era uma visita de cortesia. Queria cumprimentar o pessoal e agradecer pela investigação recente que tinham realizado a seu pedido.

— Havia algo insuficiente no relatório? — O delegado pareceu ansioso por alguém da Agência de Polícia Metropolitana ter vindo para uma investigação. Mihara o acalmou, explicando que o relatório estava em ordem e que viera para uma investigação pessoal.

Quando Mihara anunciou que iria a Maruso, o delegado colocou um detetive à disposição para acompanhá-lo. Por questão de praticidade, Mihara não recusou a oferta.

A estalagem fora investigada antes, o que facilitou as coisas. A empregada encarregada logo trouxe o livro de registro de hóspedes e mostrou o nome de Tatsuo Yasuda nele.

— Ele chegou por volta das 21h do dia 21 de janeiro. Hospedou-se nos dias 22 e 23, mas saía durante o dia dizendo que tinha trabalho e voltava à noitinha. Não havia nada de estranho nele. Era um homem sereno.

A descrição feita pela empregada sobre o temperamento de Yasuda condizia com as características dele. Por via das dúvidas, Mihara reteve o livro de registro de hóspedes onde constava o nome de Yasuda. Ao deixar a estalagem, ele dispensou o detetive que o acompanhara. A partir de agora preferia agir sozinho.

A Futaba Shokai lidava com máquinas e ferramentas, e possuía uma grande loja localizada na rua principal de Sapporo. Em sua vitrine estavam enfileirados vários motores.

Kawanishi, um homem careca de cerca de cinquenta anos, se apresentou como gerente de vendas da empresa. Mihara arregalou os olhos ao ver o cartão de visita.

— Recentemente, um detetive do posto de polícia de Sapporo veio até aqui e me questionou se fui buscar Yasuda na estação. Há alguma suspeita com relação a ele?

Kawanishi parecia surpreso.

— Não, não é isso. Estamos apenas em busca de referências para um outro caso. Não é nada com que deva se preocupar. Yasuda é um cliente antigo da empresa? — Mihara perguntou serenamente.

— Há cinco ou seis anos. É uma boa pessoa, confiável e honesto — Kawanishi assegurou.

Mihara concordou várias vezes, como para apaziguar seu interlocutor.

— Então, quando Yasuda veio a Sapporo no dia 21 de janeiro, você foi recepcioná-lo na estação?

Mihara chegava ao cerne da questão mais importante que o trouxera de tão longe até Hokkaido.

2.

— Isso mesmo. Ele me enviou um telegrama avisando que chegaria no Marimo no dia 21, e me perguntando se eu poderia ir à sala de espera da estação. Fiz como ele me pediu. Infelizmente eu rasguei e joguei fora esse telegrama — Kawanishi respondeu.

— Você sempre vai buscá-lo na estação? — Mihara perguntou.

— Não, não é comum. Mas ele chegou à noite, a loja estava fechada, e ele queria discutir um negócio com urgência, por isso fui ao seu encontro.

— Entendo. E quando Yasuda chegou no Marimo ele logo apareceu na sala de espera onde o senhor estava?

Ao ouvir a pergunta, Kawanishi permaneceu um tempo pensativo.

— Deixe-me ver. Não foi de imediato. O expresso chegou às 20h34. Lembro de ter visto pela janela da sala de espera os passageiros que desembarcaram saindo da estação e caminhando pela praça em frente. Esperei, imaginando que Yasuda logo apareceria. Acho que ele chegou com uns dez minutos de atraso.

Ter se atrasado dez minutos não representava um problema. O fato é que Yasuda chegara realmente no Marimo, como ele dissera.

Mihara se decepcionou. Ele tinha previsto esse resultado, mas ainda nutria uma leve esperança. Até sentiu vontade de confirmar, perguntando tolamente se não havia dúvidas de que o homem era Tatsuo Yasuda.

Yasuda com certeza chegara a Sapporo no trem expresso das 20h34 do dia 21. A partir dessa noite se hospedara na estalagem Maruso. Era indubitável. Mihara se sentia diante de um muro de pedras.

Seus esforços pareciam ter sido completamente em vão. Ele precisava se desculpar com o inspetor Kasai, que o apoiara. Desde o início, o chefe do departamento não se entusiasmara com a história. Fora Kasai quem o convencera. Mihara não podia deixar de se sentir responsável.

Ele assumiu uma expressão tão sombria que Kawanishi, que o observava, por fim perguntou em voz baixa e hesitante.

— Seu nome é Mihara, não é? Sei que não deveria dizer isso sobre Yasuda, mas como você veio deliberadamente de Tóquio, quero lhe contar algo que percebi. Mas isso é apenas como referência! Odiaria que você exacerbasse a importância desse fato.

— Entendi. O que seria? — Mihara encarou Kawanishi.

— Na realidade, eu disse há pouco que Yasuda me chamara alegando que precisava tratar urgentemente de negócios, e de fato recebi um telegrama dele, mas ao nos encontrarmos não tratamos de nenhum assunto tão premente.

— Hein? É mesmo? — Mihara replicou, engolindo em seco.

— É verdade. Era algo que poderia esperar e ser conversado com calma no dia seguinte, quando ele iria à loja. Na ocasião, achei muito estranho.

Mihara sentiu como se uma fresta tivesse se aberto de repente no muro de pedras diante de si. Ele se animou. Entretanto, conteve-se para não mostrar sua excitação. Num tom de voz calmo fez uma pergunta para que Kawanishi repetisse o que dissera.

Por que Tatsuo Yasuda fizera Kawanishi ir até a estação se o assunto não era urgente?

"Yasuda desejava ter uma testemunha que confirmasse que ele chegara na estação de Sapporo no Marimo no dia 21 de janeiro. Kawanishi foi o escolhido."

Era isso. Só havia uma razão. Ele criara testemunhas no intervalo de quatro minutos na estação de Tóquio e usara o mesmo artifício em Sapporo. Era um plano idêntico. Uma repetição.

Assim, se isso fora premeditado, o *fato* de Yasuda ter chegado no Marimo apontava o oposto. Em outras palavras, provavelmente não teria vindo naquele trem.

Nesse ponto Mihara percebeu algo importante. Mesmo procurando se conter, seus olhos brilhavam.

— Diga, você se encontrou com Yasuda na sala de espera da estação, correto?

— Isso mesmo.

Kawanishi parecia temer pelo que poderia ser perguntado por ter falado algo inadvertidamente.

— Você não o recepcionou na plataforma, não é?

— Exatamente. No telegrama ele pedia que aguardasse na sala de espera.

— Então você não viu Yasuda desembarcar do trem? — Mihara insistiu.

— Não vi. Porém...

A expressão de Kawanishi demonstrava que, uma vez que Tatsuo Yasuda, vindo de Tóquio, aparecera diante dele no horário marcado na sala de espera da estação, não restavam dúvidas de que desembarcara daquele trem.

Mihara saiu da Futaba Shokai. Tão rápido que nem se lembrava de que forma agradecera a Kawanishi depois de se levantar. Vagou pelas ruas de Sapporo pela primeira vez. As largas avenidas eram margeadas por altos pés de acácia. Ele não lhes prestava atenção. Perambulava com um único pensamento na cabeça.

Yasuda mentia. Tinha fingido chegar no expresso Marimo e mandara um telegrama para Kawanishi encontrá-lo na sala de espera da estação no horário de chegada do trem. Em outras palavras, isso provava que eles "tinham se encontrado na estação". Esse fora o resultado da investigação solicitada à polícia de Sapporo, constante no telegrama recebido deles. Se alguém diz que "foi recebê-lo na estação", qualquer um conclui que se encontrou com uma pessoa que desembarcou de um trem. Yasuda sabia disso e tirou proveito.

Na estação de Tóquio, as duas garçonetes do Koyuki foram as testemunhas criadas por Yasuda. Em Hokkaido, foi Kawanishi.

"Pois agora eu vou desmascarar você, Yasuda."

Mihara pegou sua caderneta para ver as anotações. A explicação de Yasuda fora a seguinte.

Partida de Ueno no dia 20 pelo expresso Towada. Chegada a Aomori na manhã do dia 21.

Partida às 9h50 no ferry entre Aomori e Hakodate, com chegada a Hakodate às 14h20.

Partida de Hakodate no expresso Marimo. Chegada às 20h34 a Sapporo.

Enquanto via a anotação uma ideia lhe ocorreu.

"Por que eu não percebi isso antes?"

Ele se recordou de que todos os passageiros do ferry entre Aomori e Hakodate precisavam preencher um formulário de registro. Se ele pesquisasse nos registros destruiria definitivamente o álibi de Yasuda!

Se ele realmente tomou o ferry, seu nome precisava constar no manifesto de passageiros.

3.

A excitação de Mihara logo cedeu lugar à apreensão.

Mais de um mês se passara desde 21 de janeiro. Os manifestos de passageiros teriam sido guardados? Se tivessem sido destruídos, ele perderia essa prova.

Sem dúvida o pessoal da estação saberia informar. Com a respiração suspensa, ele se dirigiu até a estação de Sapporo.

Mihara entrou na sala do oficial da segurança da ferrovia e, depois de se identificar, se apressou em perguntar acerca do período de guarda dos manifestos de passageiros.

— Os do ferry entre Aomori e Hakodate? O prazo de guarda é de seis meses — o oficial da segurança, um homem de meia-idade ali presente, informou.

Seis meses. Era mais do que suficiente. Mihara respirou aliviado.

— E eles são mantidos na estação de Aomori?

— Você embarcou em Aomori?

— Isso mesmo.

— Então é desnecessário ir até lá. Os manifestos devem estar guardados também na estação de Hakodate.

Mihara pareceu surpreso, e o oficial explicou.

— Os passageiros escrevem seu nome e endereço nos campos A e B do formulário de registro. Na estação, as duas partes são destacadas. O campo A é guardado na estação de partida, enquanto o B é entregue ao comandante do ferry que a repassa ao pessoal na estação de chegada. Portanto, a estação de Hakodate também fica com o registro.

"Ah, então era para isso", Mihara compreendeu. Ele se lembrou de ter também completado os dois campos do formulário.

— Que data você quer verificar? — o oficial indagou.

— O dia 21 de janeiro. Bem, seria o ferry que chegou em Hakodate às 14h20.

— É o ferry 17. Posso ligar para o pessoal em Hakodate e pedir para lhe mostrar o registro de passageiros desse ferry quando você for, o que acha?

— Agradeceria muito se pudesse fazer esse favor.

Antes de partir, Mihara pediu para avisar o pessoal da estação de Hakodate que ele pegaria o expresso à noite e na manhã seguinte bem cedo iria até lá.

O expresso noturno sairia às 22h. Havia oito horas de espera até a partida. Ele ansiava por saber logo o resultado. Desejava checar o quanto antes os manifestos de passageiros, mas recusava-se obstinadamente a acreditar que tinha pela frente um total de dezesseis longas horas, considerando o tempo até o embarque e dentro do trem.

Com oito horas livres, Mihara caminhou pela cidade de Sapporo. No entanto, pressionado pelas preocupações, seus olhos não eram capazes de admirar a paisagem.

Finalmente o crepúsculo desceu.

As dezesseis horas de agitação e sono finalmente passaram. O tempo havia transcorrido de maneira lenta e exasperante.

Ele chegou à estação de Hakodate bem cedo, antes das 6h. O vento estava frio.

Mihara esperou com impaciência por duas horas pela chegada do encarregado.

Era um homem jovem. Ele ouviu de Mihara o motivo de sua vinda.

— Ontem eles me telefonaram avisando e eu deixei tudo preparado. É relativo ao ferry 17 do dia 21, correto?

O encarregado trouxe um volumoso maço de manifestos de passageiros enrolados com barbante.

— Estão separados entre os de segunda e terceira classe. De qual você precisa? — o encarregado perguntou.

— Acredito que os da segunda classe, mas também é possível que esteja nos da terceira — Mihara respondeu. Os manifestos da terceira classe eram bem mais numerosos e levaria um bom tempo para checá-los um por um.

— Estes são os da segunda classe.

Havia uns trinta manifestos.

Mihara começou a vê-los pela ordem. "O nome de Tatsuo Yasuda não deve estar no meio deles. Impossível", ele sussurrava para si enquanto checava os documentos. No décimo segundo ou décimo terceiro seus olhos foram atraídos pelo seguinte texto:

Yoshio Ishida, funcionário público, 50 anos, Tóquio...

Mihara sabia que Yoshio Ishida era o chefe da Divisão XX do Ministério XX. Sabia até mais. Era o chefe de divisão sob suspeita no centro do escândalo de corrupção no qual a Segunda Divisão de Investigações concentrava seus esforços.

"Então Ishida veio nesse ferry até Hokkaido!"

Mihara teve um pressentimento ruim.

Ele continuou a checar os manifestos com atenção. Depois de uns cinco, instintivamente quase soltou um grito.

Ali estava o registro!

Tatsuo Yasuda, comerciante de máquinas, 42 anos, Tóquio...

Ele fixou os olhos no texto. Era inacreditável. Não podia ser. Porém, estava ali, refletindo-se nos seus olhos.

Mihara suspirou. Com os dedos trêmulos retirou de dentro da bolsa o registro de hóspede de Yasuda que pegara na

Maruso e colocou os dois documentos um ao lado do outro. A caligrafia era idêntica, para desgosto de Mihara.

No final das contas Tatsuo Yasuda embarcara no ferry!

Mihara sentiu o rosto empalidecer.

Ali estava a prova de que não só Yasuda esteve no ferry como também no expresso Marimo. Não havia nenhuma mentira nas declarações dele.

Fora pura ilusão achar ter visto uma fresta no muro. Diante dessa realidade, Mihara se sentiu totalmente derrotado. Ainda com o manifesto de passageiros aberto, ele segurou a cabeça entre as mãos e permaneceu imóvel por um tempo.

11. A barreira inquebrantável

1.

Em frente à Agência de Polícia Metropolitana, Mihara tomou o bonde em direção a Shinjuku. Passava das 20h e o movimento tinha dimuído. O bonde estava vazio. Ele se sentou lentamente e cruzou os braços. Sentiu nas costas a agradável sensação do balançar do veículo.

Mihara gosta de andar de bonde. Às vezes o pega sem nenhuma destinação em mente. É estranho não definir para onde ir, mas quando tem um impasse ele apanha um bonde qualquer para pensar. A velocidade lenta e o balanço adequado o ajudam a refletir. Parando com frequência e, a cada vez que o bonde retoma o movimento, chacoalhando e tremendo, ele se afunda no assento. Confinado nesse ambiente, mergulha em seus pensamentos.

"Apesar de Yasuda não ter nenhum negócio urgente, pediu por telegrama a Kawanishi, da Futaba Shokai, para encontrá-lo na estação de Sapporo. Por que ele teve de chamá-lo?"

Ele pensava sobre isso com os olhos afadigados. As conversas dos passageiros ou o movimento de embarque e desembarque não o incomodavam.

Yasuda chamara Kawanishi à estação porque queria que ele confirmasse sua chegada pelo Marimo à estação de Sapporo. Em outras palavras, queria que o visse na estação para ser testemunha de seu álibi.

Álibi? Mihara foi subitamente cativado por essa palavra que surgiu de súbito em sua mente. Para sua ausência de determinado lugar? *De onde* ele estaria *ausente*?

Mihara tentava dar forma nítida a algo até então vago. Esse *onde* só poderia ser a praia de Kashii em Kyushu. Comprovar sua *ausência no local dos suicídios*.

Mihara retirou do bolso o livreto de horários de trens do qual não desgrudava nos últimos tempos. Na hipótese de que o suicídio de Sayama e Otoki tivesse ocorrido entre as 22h e as 23h do dia 20 de janeiro, o primeiro trem expresso disponível de Hakata em direção a Tóquio após o incidente era o Satsuma com partida às 7h24. Quando Yasuda apareceu na estação de Sapporo, em Hokkaido, às 20h44 (horário do seu encontro com Kawanishi), esse expresso Satsuma acabara de partir da estação de Kyoto.

Era o que Yasuda queria afirmar. Que ele não estava presente no local dos suicídios. Porém, por que ele desejava afirmar sua ausência?

— Com licença. — O condutor cutucou o ombro de Mihara. Sem que ele tivesse percebido, o bonde havia chegado à parada final em Shinjuku. Mihara desceu. Depois de hesitar um pouco caminhou por uma rua bem iluminada e pegou outro bonde. Este ia na direção de Ogikubo.

"Claro. Há outra situação similar para ele querer afirmar sua ausência", Mihara continuou a pensar ao sentar no novo assento.

As testemunhas do tal intervalo de quatro minutos na estação de Tóquio. Até agora Mihara acreditava que o objetivo de Yasuda tinha sido mostrar às garçonetes do Koyuki o momento em que Sayama e Otoki embarcaram *juntos* no trem, mas percebeu que havia, na realidade, outro motivo. Yasuda deu a entender para as testemunhas que não tinha nenhuma relação com a partida deles para cometer o duplo suicídio. Afinal, naquela ocasião, Yasuda não chamou a atenção das duas para o fato de Otoki estar embarcando com um homem no trem? A maneira de fazê-lo pretendia mostrar que ele próprio estava na posição de um terceiro. Na realidade, as garçonetes do Koyuki viram Sayama e Otoki sentados no Asakaze, e que Yasuda não estava partindo para o suicídio junto com os dois. Ele se foi no trem da linha Yokosuka. Aqui também existe a prova de sua ausência. Não apenas isso, ele apareceu no Koyuki nas duas noites seguintes. Não é uma maneira de fazer as pessoas se lembrarem de sua presença?

A presença das testemunhas no intervalo de quatro minutos não foi algo fortuito, mas inevitável. Uma inevitabilidade criada por Yasuda. Também Kawanishi, na estação de Sapporo, foi uma testemunha criada por ele, assim como as garçonetes na estação de Tóquio. Tudo para provar que ele próprio estava *ausente no incidente do suicídio*.

As ações tramadas por ele nas estações de Sapporo e Tóquio indicavam um ponto de interseção em Kashii, nos arredores de Hakata, em Kyushu. Tudo levava a formar a imagem de que não estivera lá.

Tendo pensado até esse ponto, Mihara acreditou ainda mais que Tatsuo Yasuda com certeza *estivera lá*. Uma vez que havia um plano, aquela imagem era falsa. Sua história era uma imagem invertida da realidade. Entre 22h e 23h do dia 20 de janeiro, Tatsuo Yasuda estivera indubitavelmente na praia de Kashii em Kyushu, local do duplo suicídio de Sayama e Otoki. E ele *havia feito algo*! Havia feito algo... Mihara ainda ignorava o que teria sido. Ou seja, ele estava naquele local, dia e horário. Sem dúvida observara Kenichi Sayama e Otoki tomarem o veneno. Ele não estava ausente do incidente, sua presença era incontestável. Quando se examinam os esforços de Yasuda, constata-se que eles estavam orientados a mostrar uma imagem oposta dessa realidade.

Mihara construiu dessa forma seu raciocínio. Porém, partindo dessa suposição, Yasuda deveria ter partido de Hakata de volta para Tóquio às 7h24 do dia seguinte pelo trem expresso. O Satsuma chega a Kyoto às 20h30 e parte de novo às 20h44. Nesse horário, ele não estava conversando alegremente com Kawanishi na estação de Sapporo, em Hokkaido? Mihara não acreditava que Kawanishi mentira. Não, isso era incontestável. O pessoal da estalagem Maruso em Sapporo recepcionara Yasuda por volta das 21h. Nesse horário, o Satsuma devia estar seguindo pela margem do lago Biwa, em Omi. Como interpretar essa contradição entre teoria e realidade?

Havia mais. O fato que comprova fortemente as declarações de Yasuda é ter preenchido o manifesto de passageiros do ferry entre Aomori e Hakodate. Apenas isso era suficiente para destruir por completo a teoria de Mihara.

No entanto, ele não se deixou vencer. Havia algo em relação a Yasuda que o impelia a continuar lutando com essa contradição. Era uma desconfiança instintiva contra Tatsuo Yasuda impossível de ser persuadida pela realidade...

— Com licença. — O condutor apareceu. O bonde chegara a Ogikubo e não havia mais passageiros nele. Mihara desceu, trocou para um trem da linha nacional e regressou ao seu ponto de partida.

"Yasuda planejou bem. Embora tenha estruturado tudo à perfeição, há um ponto fraco em algum lugar. Onde seria?"

Mihara recebia no rosto o vento que entrava pela janela. De olhos semicerrados, continuava a pensar.

Cerca de quarenta minutos depois, seus olhos abriram rapidamente, e ele observou um anúncio na alça suspensa balançando dentro do trem. Era uma publicidade de cosméticos sem nenhum significado em particular.

Mihara voltou a se lembrar do nome de Yoshio Ishida, chefe da Divisão XX do Ministério XX, que ele vira no manifesto de passageiros naquela ocasião na estação de Hakodate.

2.

— Agora temos mais informações sobre Ishida! — o inspetor Kasai informou a Mihara.

Seria ruim se um detetive fosse questionar diretamente o chefe de divisão e com isso o irritasse. O chefe de divisão Ishida estava nervoso com o escândalo de corrupção interno do ministério, e o inspetor considerava melhor agir com prudência. Quando afirmou ter mais informações relacionadas a Ishida, era porque as obtivera de outras fontes.

— Em 20 de janeiro ele com certeza viajou a negócios para Hokkaido. Partiu de Ueno às 19h15 no expresso Towada e chegou a Sapporo pelo Marimo às 20h34 do dia 21. Em outras palavras, ele viajou nos mesmos trens que Tatsuo Yasuda.

O inspetor mostrou as anotações da programação de Ishida naquelas datas. De acordo com elas, ele não desembarcara em Sapporo, tinha continuado até Kushiro. Depois, percorrera cada área de Hokkaido sob sua responsabilidade.

— Pedi a alguém para perguntar discretamente sobre Tatsuo Yasuda. Ishida confirmou que estiveram no mesmo trem até Sapporo. Yasuda também estava na segunda classe, mas em um vagão diferente. Contudo, não há dúvidas de que Yasuda apareceu algumas vezes no vagão de Ishida para conversar com ele. Por ser um comerciante com trânsito no ministério, Ishida conhecia bem seu rosto.

O inspetor explicou dessa forma o resultado da investigação.

— É mesmo?

Mihara se decepcionou. Ali estava mais uma testemunha ocular assegurando que Yasuda estava com certeza no trem. Além disso, desta vez não era uma testemunha fabricada. Era um funcionário público, oficial do alto escalão de um ministério, e a programação de sua viagem de negócios fora definida alguns dias antes. Seu nome também constava no manifesto de passageiros do ferry. Não havia espaço para dúvidas.

— Ânimo. — Vendo o aspecto desanimado de Mihara, o inspetor Kasai se levantou. — O tempo está ótimo. Que acha de darmos uma volta de uns cinco minutinhos pela redondeza?

O sol brilhava do lado de fora. A luz forte era como a de início de verão. Muitas pessoas andavam sem casaco.

Caminhando à frente, o inspetor cruzou a rua movimentada e parou à beira do fosso do Palácio Imperial. Os muros brancos do palácio brilhavam sob o sol. A área, parecendo transparente, era luminosa demais para olhos saídos de uma sala escura no interior da agência.

O inspetor caminhou um pouco para observar o fosso e, ao encontrar um banco, se sentou. Aos olhos dos transeuntes, eles pareciam dois funcionários de empresa que deram uma fugidinha de seu escritório para descansar um pouco.

— Enquanto você estava em Hokkaido, pedi para investigarem o relacionamento entre Sayama e Otoki — o inspetor informou, pegando um maço de cigarros e oferecendo a Mihara.

Mihara encarou o inspetor. Investigar o relacionamento dos dois suicidas. Por um momento não entendeu o significado. O que ele estaria buscando?

— Provavelmente é desnecessário investigar a relação entre duas pessoas com um relacionamento tão profundo a ponto de se suicidarem juntas, mas o fiz por desencargo de consciência — explicou como se adivinhasse o que Mihara pensava. — Entretanto, seus encontros deviam ser bem discretos, porque ninguém sabia claramente do relacionamento dos dois. Foi uma surpresa para as garçonetes do Koyuki tomar conhecimento de que o parceiro de suicídio de Otoki era Sayama. Mulheres trabalhando em restaurantes têm um faro apurado para casos amorosos. Elas afirmaram não haver percebido nada. Porém...

O inspetor interrompeu o que falava e soltou uma baforada. O gesto pretendia mostrar a Mihara a importância do que ele falaria a seguir.

— Porém, parecia certo que Otoki se relacionava com alguém. Ela morava sozinha em um pequeno apartamento e recebia muitos telefonemas. Segundo o zelador, nas ligações uma voz feminina se identificava como “Aoyama” e, como por vezes era possível ouvir o som de música de vitrola tocando ao fundo, talvez telefonasse de alguma cafeteria. O zelador supunha que, para preservar as aparências, alguém pedia a essa mulher para ligar chamando Otoki, e, quando ela atendia, a voz do outro lado da linha mudava para a de um homem. Depois de receber uma ligação, Otoki sempre se arrumava e saía às pressas. Segundo ele, isso aconteceu até cerca de seis meses antes de sua morte. Ela nunca levara um visitante masculino ao seu apartamento. Ou seja, era muito discreta em seus encontros amorosos.

— Esse interlocutor nos telefonemas era Sayama? — Mihara perguntou com certa apreensão.

— Provavelmente. Investigamos Sayama também, mas foi ainda mais difícil obter informações. Ele sempre foi um homem calado e tímido. Não comentava sobre sua vida privada com outras pessoas. Como ele se suicidou com Otoki, com certeza se relacionavam.

Sentia-se certa falta de confiança no tom de voz do inspetor ao informar suas conclusões. Isso fez exacerbar a vaga apreensão de Mihara.

— Depois mandei investigar a vida privada de Tatsuo Yasuda.

Ao dizer isso, o inspetor Kasai virou os olhos na direção dos pinheiros do Palácio Imperial. Um guarda estava de vigia sobre um muro de pedras.

Mihara fitou o inspetor. Ele se deu conta de que durante sua missão em Hokkaido uma corrente invisível girara ao redor do inspetor impelindo-o a agir. Ele era apenas um pequeno elemento dentro do mecanismo orgânico da *investigação*.

— Também foi difícil obter informações sobre ele — o inspetor afirmou calmamente, sem se importar com a expressão apreensiva no rosto de Mihara. — Esse homem chamado Tatsuo Yasuda visita sua esposa enferma em Kamakura uma vez por semana. Por isso, embora haja a possibilidade de se relacionar com outra mulher, não foi possível encontrar nenhuma prova concreta disso. Se tiver uma amante, ele é muito hábil em mantê-la escondida de todos. Ou isso pode ser apenas nossa intuição e Yasuda ser na verdade um marido fiel. Aparentemente eles formam um casal harmonioso.

Mihara concordou. Ele também sentira isso quando foi a Kamakura e conheceu pessoalmente a esposa de Yasuda.

— Otoki, Sayama e Yasuda, na hipótese de este último ter uma amante, foram muito talentosos em manter em segredo seus relacionamentos amorosos.

Mihara se surpreendeu com as palavras do inspetor. Até então, o que era apenas um pressentimento vago rapidamente se consolidou.

— Inspetor — Mihara gritou com o coração acelerado. — Aconteceu algo?

— Sim — ele replicou em voz baixa. — O chefe do departamento de repente se interessou pelo caso de duplo suicídio.

Ao ouvir isso, Mihara intuiu que o chefe do departamento subitamente tinha passado a ser pressionado por *algum de seus superiores*.

Sua percepção estava correta. E o inspetor explicou o porquê.

3.

Ao voltar à agência no dia seguinte, o inspetor Kasai chamou Mihara.

— Mihara, o chefe de divisão Ishida, do Ministério XX, nos contatou!

O inspetor tinha os cotovelos apoiados sobre a mesa e as mãos entrelaçadas. Era um gesto característico dele quando estava um pouco confuso.

— Bem, ele não veio pessoalmente. Mandou um oficial do ministério. Ah, tenho o cartão de visita dele aqui.

No cartão de visita constava: *Kitaro Sasaki, Oficial administrativo do Ministério XX.* Mihara olhou o cartão, aguardando o que o inspetor diria.

— Ishida nos contatou porque recentemente alguém o procurou para obter informações sobre Tatsuo Yasuda, e sabendo que a ideia partira da Agência de Polícia Metropolitana, ele desejava fazer suas declarações diretamente a nós. Ele informou que em sua viagem de 20 de janeiro a Hokkaido, Yasuda estava no mesmo trem que ele. Embora os dois estivessem em vagões diferentes, por vezes Yasuda vinha conversar. Disse que, se porventura for necessária uma testemunha, Katsuzo Inamura, funcionário do governo de Hokkaido, poderá confirmar as informações, uma vez que se juntou a ele depois do trem passar por Otaru. Esse Inamura pegou por acaso o trem em Hakodate, e como Yasuda apareceu para se despedir de Ishida, pois desembarcaria em Sapporo, a estação seguinte, Ishida o apresentou a Inamura. Foi o que aconteceu.

— Você não acha que ele fez tudo isso para proteger Yasuda? — Mihara sugeriu.

— É uma forma de ver as coisas. Porém, pode ser que tenha colaborado por saber que a polícia está investigando os movimentos de Yasuda. — O inspetor sorriu. Mihara sabia existir um sentido oculto nesse sorriso.

— Qual a relação entre Ishida e Yasuda?

— Um funcionário público e um comerciante fornecedor do governo. Em geral, logo se imagina o tipo de relação. Ishida é suspeito de corrupção. Apesar disso, até o momento não existe nenhuma linha de investigação que envolva alguma provável questão entre os dois. No entanto, Yasuda recentemente aumentou suas transações com o Ministério XX, e sem dúvida deve ter oferecido presentes ao chefe de divisão nas ocasiões adequadas do ano. O fato de Ishida ter nos contatado intencionalmente talvez seja uma forma de retribuição. — Ainda com as mãos entrelaçadas, o inspetor estalou os dedos. — Porém, por mais que seja uma troca de favores, se tudo o que ele afirma for verdade, não há muito o que possamos fazer! Por via das dúvidas, enviei um telegrama consultando o tal funcionário do governo de Hokkaido, mas ele certamente confirmará as declarações de Ishida. Em outras palavras, é verdade que Yasuda estava no Marimo no dia 21 de janeiro.

Isso significava mais uma testemunha de que Yasuda embarcara no Marimo. Mihara deixou a sala do inspetor arrasado.

Foi um pouco depois do meio-dia. Mihara entrou no refeitório no quinto andar da agência. É um espaço de tamanho similar ao dos restaurantes de uma loja de departamentos regional. Raios de sol brilhantes infiltravam-se pela janela. Ele não sentia muita fome. Trouxera um chá, e justo quando o tomava lembrou-se de algo. Pegou sua caderneta e escreveu a lápis:

Viagem de Tatsuo Yasuda a Hokkaido

1) Seu nome, escrito com sua caligrafia, constava em um manifesto de passageiros no ferry entre Aomori e Hakodate (Ferry 17. Conecta-se com o Marimo a partir de Hakodate).
2) Testemunho do chefe de divisão Ishida.

3) O funcionário do governo de Hokkaido tomou o trem depois de Otaru, e Ishida o apresentou a Yasuda.
4) Yasuda se encontra com Kawanishi na estação de Sapporo.

Mihara olhava as anotações, pensativo. Esses itens eram como quatro rochas empilhadas uma sobre a outra, praticamente inquebrantáveis. Porém, era necessário destruí-las. Sim, era preciso fazê-lo a qualquer custo.

Como ligar o expresso Satsuma, partindo de Hakata às 7h24 do dia 21, ao expresso Marimo, chegando a Sapporo às 20h34 do mesmo dia? Era impossível vinculá-los. Essa impossibilidade mostrava que *não havia* conexão. Porém, porém... Tatsuo Yasuda com certeza apareceu na estação de Sapporo em Hokkaido.

Mihara segurou a cabeça entre as mãos e olhou dezenas de vezes as anotações. Então, de súbito percebeu algo estranho.

Inamura, o funcionário do governo de Hokkaido, se encontrara com Tatsuo Yasuda depois de passarem pela estação de Otaru. Segundo consta, naquele momento Yasuda viera de outro vagão para se despedir de Ishida, mas é um pouco estranho que ele só o tenha feito após passarem pela estação de Otaru.

Ishida, Inamura e Yasuda embarcaram em Hakodate em vagões diferentes. Por que Inamura somente encontrou Yasuda após terem deixado Otaru para trás se ele vinha com certa frequência ao vagão de Ishida?

Mihara pegou o livreto de tabelas de horários de trens. Viu que a bordo do trem expresso, a viagem entre Hakodate e Otaru levava cinco horas. Yasuda tinha um ótimo relacionamento com Ishida e seria pouco provável que o evitasse por cinco horas permanecendo em outro vagão. Não, pensando bem, por que Yasuda não permaneceu no mesmo vagão de Ishida e passou a longa e tediosa viagem batendo papo com ele? Mesmo que houvesse uma certa cerimônia por parte dele, não havia motivo para não vir durante as cinco horas.

Inamura é uma testemunha genuína nesse caso. Ele disse que vira Yasuda pela primeira vez depois de o trem passar por Otaru.

"Tatsuo Yasuda não teria embarcado no Marimo na estação Otaru?", foi a hipótese que cruzou a mente de Mihara.

Por isso, Inamura vira Yasuda pela primeira vez após o trem passar por Otaru. Isso explicaria o fato de os vagões serem diferentes. Yasuda não queria ser visto embarcando na estação de Otaru. Faz sentido. Ele aparecera tranquilamente diante de Ishida e Inamura assim que o trem partira de Otaru para fazer Inamura acreditar que ele havia embarcado em Hakodate.

Ainda em meio a uma espessa neblina, Mihara viu uma luz tênue brilhando à sua frente. Sentiu que começara a ver a forma indistinta de algo. Perdeu o fôlego.

4.

Porém, era impossível Yasuda ter embarcado no trem em Otaru. Para tanto, ele precisaria necessariamente ter partido de Hakodate em um trem antes do Marimo para chegar a tempo em Otaru. Pensando nos horários das conexões, isso era impossível.

Entretanto, a ideia de que Yasuda embarcara na estação de Otaru despertou em Mihara a vontade de seguir adiante. Ele não entendia o porquê. Apesar disso, sentia haver algo mais profundo oculto ali. Algo escondido sob a aparência de verdade.

Mihara finalmente terminou o chá já frio e deixou o refeitório. Tudo ao seu redor estava indistinto como num sonho. Ele desceu as escadas em transe.

Por que Yasuda embarcara no Marimo na estação Otaru? Por que ele precisou embarcar nessa estação? Mihara repetia para si mesmo, sussurrando como se cantarolasse.

Se Yasuda embarcara na estação de Otaru, devia ter usado um trem anterior ao Marimo. Havia o Akashiya partindo de Hakodate às 11h39. Antes dele, dois trens locais e o primeiro expresso do dia saíam às 6h. A impossibilidade só aumentava.

Mihara precisava a todo custo colocar Yasuda na cena do suicídio em Kashii, em Kyushu, entre 22h e 23h do dia 20. Poderia correr atrás de uma razão mais tarde. Fosse como fosse, no momento, necessitava apenas que Yasuda estivesse naquele local. Sendo assim, para ir a Hokkaido a partir de Hakata, o único expresso em direção a Tóquio partia às 7h24 da manhã seguinte. Por mais que pensasse, era completamente impossível, e ele apenas andava em círculos.

A menos que tivesse asas, Yasuda não poderia ter ido a Hokkaido nesse horário, Mihara sussurrou para si, mas nesse momento tropeçou nos dois últimos degraus da escada e caiu. Não estava escuro.

Por pouco não soltou um grito. Por que não havia percebido isto antes? Sentia os ouvidos zumbirem.

Voltou correndo para sua sala e, com os dedos trêmulos, foi à última página do livreto de tabelas de horários. Eram os horários dos voos da Japan Airlines. Por via das dúvidas, pesquisou os voos de janeiro.

Fukuoka 8h → Tóquio 12h (Voo 302)
Tóquio 13h → Sapporo 16h (Voo 503)

— É isso! — Mihara suspirou fundo. O zumbido nos ouvidos continuava.

Ele entendera. De avião, Yasuda poderia partir de Hakata, em Kyushu, às 8h, e chegar a Sapporo às 16h. Por que até então ele não havia considerado a possibilidade de um deslocamento por avião? Estava com a mente de tal forma presa nos trens que não tinha conseguido buscar alternativas para o expresso Satsuma partindo de Hakata às 7h24. Ele queria socar a própria cabeça atordoada. Sua mente agora clareara.

Mihara telefonou para o escritório da Japan Airlines. Perguntou a duração da viagem de ônibus entre o aeroporto de Chitose e o centro da cidade.

— Cerca de uma hora e vinte minutos. Do terminal até a estação de trem são aproximadamente dez minutos a pé.

Se somar uma hora e vinte minutos às 16h, resulta em 17h20. Era possível que Tatsuo Yasuda aparecesse na estação de Sapporo nesse horário. Tinha uma folga de três horas até a chegada do Marimo às 20h34.

Os dedos de Mihara percorreram os horários da linha principal para Hakodate.

Havia um trem local partindo de Sapporo às 17h40. Deslizando o dedo para baixo, viu que esse trem chegava às 18h44 em Otaru.

Depois, pesquisou os trens da mesma linha que se dirigiam a Sapporo. O expresso Marimo partindo de Hakodate às 14h50 chegava em Otaru às 19h51. Havia um intervalo de uma hora e sete minutos entre os trens. Yasuda poderia esperar tranquilamente na estação de Otaru e tomar o Marimo. Embarcando nesse trem, ele voltaria para Sapporo. Sem dúvida encontrou Inamura pouco depois disso.

Isso elucidou o motivo por que Tatsuo Yasuda somente apareceu diante de Inamura após passarem por Otaru. Yasuda não esperou inutilmente três horas em Sapporo. Desceu no ponto final do ônibus vindo do aeroporto, foi a pé às pressas até a estação e depois correu para tomar o trem local até Otaru, que partia dez minutos depois. Ele aproveitou ao máximo o limitado tempo que tinha: dez minutos em

Sapporo, uma hora em Otaru. Isso fez Mihara se lembrar de como Yasuda aproveitara o intervalo de quatro minutos na estação de Tóquio. "Ah, Tatsuo Yasuda é um gênio no uso do tempo", Mihara se admirou.

Ele caminhou até a mesa do inspetor e explicou tudo mostrando as tabelas de horários. Enquanto falava, sua voz continuava trêmula.

— Excelente! — o inspetor elogiou o trabalho de Mihara, encarando-o à queima-roupa, assim que terminou de ouvi-lo. Surgiu em seus olhos uma excitação similar à fúria. — Trabalhou bem! — repetiu duas vezes num sussurro vindo espontaneamente do fundo da garganta. — Isso põe abaixo o álibi de Yasuda. Ah, é esquisito falar de álibi? — o inspetor disse pouco depois.

— Não, nem um pouco. Dessa forma, foi eliminada a condição de que Yasuda não poderia estar no local no horário dos suicídios — Mihara afirmou. Era essa sua convicção.

— Se a condição de que ele não poderia estar lá foi eliminada — o inspetor deu tapinhas com o dedo no canto da mesa —, surge a condição de que ele poderia estar?

— Exatamente — Mihara respondeu triunfante.

— A partir de agora cabe a você provar essa teoria — o inspetor falou, encarando de novo Mihara.

— Agora não é possível. Dê-me mais tempo. — O rosto de Mihara se anuviou.

— Ainda há muitos pontos incertos, é isso?

— Exatamente.

— Por exemplo, mesmo que o álibi de Yasuda tenha desmoronado, ainda não o foi por completo. — O inspetor exibia uma expressão curiosa no rosto. Mihara logo compreendeu o motivo.

— É sobre o chefe de divisão Ishida?

— Hum.

O olhar do inspetor e o de Mihara se chocaram em linha reta no ar. Os dois se encararam por alguns segundos. Quem primeiro desviou o olhar foi o inspetor.

— Não se preocupe com Ishida. Eu cuido disso — o inspetor disse. Sua maneira de falar envolvia em complexidade algo importante. Mihara interpretou facilmente suas palavras.

Era desnecessário colocar as coisas em palavras nesse momento. Isso poderia ser deixado para mais tarde. A atmosfera entre eles indicava isso.

— Deixando isso de lado, ainda há uma montanha a ser derrubada. O que fazemos com o manifesto de passageiros do ferry? Isso não é um testemunho pessoal desleixado. É uma prova documental absoluta.

Isso mesmo. Justo por ter visto o manifesto, Mihara se sentiu derrotado por completo na estação de Hakodate. Mas, estranhamente, agora não se sentia dessa forma. De fato, ainda não era possível colocar abaixo esse muro sólido. Porém, ele não sentia uma pressão tão forte quanto antes.

— Eu vou derrubá-la também — Mihara disse, e o inspetor sorriu pela primeira vez.

— Você parece animado. Bem diferente de quando retornou de sua viagem a Hokkaido. Ótimo, dê o seu melhor!

Quando Mihara estava prestes a sair da frente da mesa, o inspetor o deteve levantando levemente a mão.

— Sabe, Mihara, Ishida se deu ao trabalho de tentar encobrir Yasuda e acabou dando com os burros n'água, não?

5.

Mihara estava seguro de haver desmantelado a trama de Yasuda em relação ao Marimo. Agora precisava prová-lo. Colocou no papel a maneira de fazê-lo.

Verificar com o escritório da Japan Airlines o nome de quem reservou passagem para o voo das 8h partindo de Fukuoka no dia 21 de janeiro e a conexão partindo de Tóquio às 13h para Sapporo.

"Espere um pouco", Mihara pensou. Yasuda afirmara ter partido de Ueno para Aomori no dia 20 às 19h15 no Towada, por isso ele com certeza estava em Tóquio até a tarde do dia 20. Prevendo que poderia ser investigado, não seria tão descuidado e permaneceria em Tóquio durante todo esse dia. Ele com certeza deve ter aparecido no escritório ou em algum outro lugar. Se fosse para Hakata em um trem que saísse na tarde do dia 20, não chegaria a tempo ao local dos suicídios em Kashii. Portanto, também deve ter usado o avião nesse caso.

Mihara voltou a checar a tabela de horários da Japan Airlines. O último voo de Tóquio para Fukuoka partia às 15h e chegava às 19h20. Leva meia hora de carro até o aeroporto de Haneda. Não seria estranho se ele tivesse deixado o escritório ou outro lugar pouco depois das 14h.

Mihara anotou os horários dos trens e aviões que Yasuda poderia ter utilizado, estimando seus movimentos.

<u>Dia 20</u>
15h Partida de Haneda → 19h20 Chegada ao aeroporto Itazuke em Fukuoka
(Deve ter ido a Kashii e pernoitado em Fukuoka)
<u>Dia 21</u>
8h Partida de Itazuke → 12h Chegada a Haneda
13h Partida de Haneda → 16h Chegada ao aeroporto de Chitose em Sapporo
17h40 Partida de Sapporo (em trem local) → 18h44 Chegada a Otaru

19h57 Partida de Otaru (Marimo) → 20h34 Chegada a Sapporo
(Encontro com Kawanishi na sala de espera da estação de Sapporo)
Dias 21-4
Hospedagem de três noites na estalagem Maruso em Sapporo, e retorno a Tóquio

"Concluído", pensou Mihara. À medida que revisava repetidas vezes as anotações, subitamente lhe ocorreu uma dúvida.

"Por que Yasuda telegrafou a Kawanishi para que o aguardasse na sala de espera da estação de Sapporo?"

Yasuda embarcou no Marimo em Otaru, portanto teria sido melhor fazer Kawanishi recepcioná-lo na plataforma para vê-lo descer do trem, o que teria sido muito mais eficaz. No entanto, por que deliberadamente definiu a sala de espera, como se odiasse ter de se encontrar na plataforma?

Um homem tão meticuloso como ele sem dúvida teve algum motivo. Qual teria sido? Mihara aventou várias possibilidades, sem chegar a uma conclusão.

"Bem, deixa quieto, penso nisso mais tarde", decidiu. Em primeiro lugar, definiu uma maneira de provar os movimentos de Yasuda:

1) Pesquisar a lista de passageiros da Japan Airlines daquela data. Em complemento, pesquisar o táxi que levou Yasuda até Haneda e o ônibus ou táxi que o conduziu de Itazuke para Fukuoka, e de Chitose para Sapporo. Provavelmente será difícil, uma vez que já decorreu muito tempo.
2) Investigar a estalagem onde Yasuda se hospedou em Fukuoka.
3) Procurar pessoas que viram Yasuda no trem regular entre Sapporo e Otaru. Em Otaru havia uma hora de espera

até a chegada do Marimo. Procurar pessoas que viram Yasuda nesse meio-tempo.

Esse era basicamente o método investigativo. Ele não tinha muita expectativa quanto ao item 3. Os itens decisivos eram os de números 1 e 2.

Mihara fez os preparativos e deixou a agência. O dia continuava lindo. Ginza estava lotada de gente. Com o sol já forte, o rosto pálido das pessoas reluzia.

Mihara entrou no escritório da Japan Airlines e se encontrou com o encarregado das viagens em voos domésticos.

— Vocês ainda têm as listas de passageiros de janeiro?

— Seria janeiro deste ano, correto? Temos, sim. Nós as guardamos pelo prazo de um ano.

— Desejo saber o nome de uma pessoa que fez reserva no dia 20 de janeiro no voo 305 até Fukuoka, no dia 21 no voo 301 até Tóquio e no voo 503 partindo de Tóquio.

— A mesma pessoa?

— Exatamente.

— Alguém bastante ocupado, não? É algo incomum, devemos encontrar logo.

O encarregado trouxe as listas de passageiros e as abriu no dia 20 de janeiro. O voo fazia escala em Osaka e de lá até Fukuoka havia 43 passageiros embarcados. No dia 21, foram 41 passageiros no voo de Fukuoka para Haneda, e 59 passageiros saíram de Haneda às 13h para Sapporo. O nome de Tatsuo Yasuda não constava nessas três listas de passageiros e nenhum nome se repetia nelas.

Era natural o nome de Yasuda não aparecer porque possivelmente teria embarcado com um nome falso, porém Mihara ficou surpreso ao não encontrar um mesmo nome nas três listas de passageiros. Os nomes de todos os 143 passageiros eram diferentes.

Isso era impossível.

— Pode-se obter passagem no dia do voo sem fazer reserva?

— Até no dia anterior é complicado. Sem fazer reserva com três ou quatro dias de antecedência, é impossível embarcar no voo designado.

Para Yasuda, era imprescindível embarcar dia 20 no voo 305 entre Tóquio e Fukuoka, no dia 21 no voo 302 entre Fukuoka e Tóquio, e no voo 503 entre Tóquio e Sapporo. Se falhasse em qualquer um deles, não conseguiria embarcar no dia no Marimo. Sem dúvida reservara pessoalmente esses voos três ou quatro dias antes. Mesmo usando um nome falso, logicamente deveria ser o mesmo nas três listas de passageiros. Mihara procurou cuidadosamente, mas em vão.

— Muito obrigado. Mas, por favor, me empreste estas listas por alguns dias. — Mihara deu ao encarregado seu cartão de visita, no qual escreveu um comprovante de retirada das listas, e as levou consigo emprestadas. Ele saiu do escritório. Estava completamente deprimido. Perdera o ânimo de quando viera. Foi até Yurakucho e parou no seu café predileto. Imerso em pensamentos, tomou um café. Não entendia. Não cansava de repetir para si "Não é possível. É inconcebível".

Ao sair do café caminhou rumo à agência. No cruzamento em Hibiya o sinal vermelho o deixou esperando por um bom tempo. Um fluxo de veículos passava diante de seus olhos.

Os veículos eram de variados modelos. Mihara olhava indistintamente para esse fluxo sem interesse. Talvez devido ao tédio, ideias pululavam em seu cérebro. "Ah, claro!", sussurrou para si.

Que descuido. O nome não precisaria ser de *uma única pessoa*. Ele bem poderia ter usado um nome diferente para cada reserva. Yasuda não deve ter ido ao escritório da Japan Airlines, mas mandado uma pessoa diferente fazer cada reserva. Foi a Fukuoka com o nome A, na manhã seguinte foi de Fukuoka para Tóquio como B e fez a conexão para o voo rumo a Sapporo usando o nome C. Ele teve uma hora de espera em Haneda, o que lhe permitiu fazê-lo com facilidade.

Foi ilusão achar que por ser uma única pessoa a embarcar, o nome precisaria ser um só. Por que não percebera isso antes? Se não houvesse pessoas o observando, ele gostaria de socar sua cabeça. "Que idiota eu fui", admoestou-se.

O semáforo abriu. Ele começou a caminhar.

"Sendo assim, existem ao menos três nomes falsos na lista. Vou mandar checar os nomes. Com certeza vão aparecer nomes e endereços fictícios."

Enquanto caminhava, elevou os olhos. Pela primeira vez pôde vislumbrar o caminho para a vitória.

6.

Ao voltar e falar com o inspetor, este logo concordou com sua ideia.

— Entendi. São cento e quarenta e três nomes, correto? — o inspetor perguntou vendo a lista. — Mais da metade vive em Tóquio, os demais, no interior. Vou pedir aos detetives para se encarregarem dos que estão na capital. Para o restante, vou encomendar uma pesquisa à delegacia de polícia de cada jurisdição.

Ele logo partiu para a ação. Os detetives anotaram em sua agenda os nomes das listas sob sua responsabilidade.

— Ah, se houver um telefone de escritório ou residência, liguem para o número e perguntem. É preciso se certificar de que o homem esteve com certeza a bordo nos voos.

Depois, olhando para Mihara, declarou:

— Porém, mesmo se tivermos sucesso, ainda haverá uma barreira à frente.

— O manifesto de passageiros do ferry?

Esse muro permanecia sólido. Impassível. Parecia receber com altivez e firmeza os ataques de Mihara.

No entanto, um palpite cruzou sua mente. Não era estranho os manifestos de passageiros dos aviões e do ferry serem o ponto nevrálgico? Havia semelhanças entre ambos. Seria isso também uma ilusão? Correria o risco de se deixar enganar por essa noção de pontos em comum?

Mihara permanecia calado e com uma estranha fisionomia.

— O que houve? — o inspetor indagou.

— E quanto ao outro assunto? — Em vez de responder, Mihara desconversou.

— Hum. Na realidade, ontem recebi um telefonema do promotor. — Kasai baixou a voz. — A investigação do escândalo tem apresentado dificuldades. O suicídio de Sayama criou um obstáculo. Assistentes como ele conhecem a fundo os serviços administrativos. Os gerentes-gerais e os chefes de divisão deixam tudo nas mãos deles. Eles próprios não têm noção dos serviços. Estão ocupados buscando ascensão social. Falta-lhes tempo para cuidar dos assuntos administrativos. Seus assistentes, ao contrário, têm trabalhado longos anos e conhecem os procedimentos em detalhes. Bem, eles são como artesãos muito experientes. Em compensação, a carreira chega a um limite. Só lhes resta observar jovens recém-formados com qualificação ultrapassá-los. Acabam se resignando. Por dentro talvez se ressintam, mas não podem trabalhar para o governo se começarem a externalizar o que sentem.

O inspetor tomou o chá trazido pelo detetive.

— Porém, quando são notadas por um superior, essas pessoas se regozijam. Uma luz de esperança surge em um mundo do qual haviam desistido. Sentem que a ascensão na carreira ainda é viável. Por isso, ficam dispostos a dar seu sangue pelos seus superiores. Mas e os chefes? Na realidade, seria admirável se eles reconhecessem a competência dos subordinados e os motivassem. Mas, se prestam atenção com a intenção oculta de usá-los, é como se lhes armassem uma armadilha. Por mais formidáveis que sejam os chefes, só conseguem fazer seu trabalho se estreitarem os laços com o pessoal administrativo competente. Por isso os tratam com desvelo. Nem tudo pode ser obtido apenas dando ordens. O pessoal administrativo também está ciente disso, mas mais do que proteger seu emprego para avançar na carreira, acabam, a certa altura, aceitando os desejos e colaborando com o escalão superior. Deve ser da natureza humana. Funcionários públicos como eles têm a natureza humana entrelaçada entre si.

O inspetor apoiou os cotovelos sobre a mesa.

— Também no caso em questão, todas as linhas de investigação apontam para o chefe de divisão adjunto Sayama. Ele era um encarregado administrativo excepcionalmente capacitado. O promotor lamenta o duplo suicídio. A morte de Sayama dificultou muito as investigações, conduzindo-as a um impasse. Em outras palavras, ele detinha todos os fios ligados aos seus superiores. Era a chave, por assim dizer. O promotor está mortificado. Quanto mais as investigações avançam, mais se amplia o impasse. Por outro lado, os escalões superiores podem sorrir tranquilos.

— Ishida é um dos que estão se alegrando? — Mihara perguntou.

— Deve ser quem mais está sorrindo. Afinal, aparentemente Sayama teve senso de dever e morreu para salvar o ministério de uma crise. Quem comete suicídio em grandes escândalos de corrupção é sempre da mesma classe dele.

— Sendo assim, no caso da morte de Sayama também…

— Até agora em geral apenas o subordinado se suicida. No caso de Sayama, uma mulher o acompanhou. É diferente e tem um estranho apelo romântico.

Tendo dito apenas isso, o inspetor se calou. Mihara sabia bem o que ele estava pensando. Mesmo assim, evitou falar algo.

Estava ciente de que o promotor, o chefe da Divisão de Investigações e o inspetor o apoiavam. Isso lhe insuflava coragem.

Nesse dia, Mihara pegou a pasta do caso de duplo suicídio de Sayama e Otoki e examinou de novo os documentos. Checou minuciosamente o relatório do local das mortes, o laudo da autópsia, as fotos do local dos suicídios e as declarações das testemunhas. Atentou a cada palavra. O homem e a mulher tomaram um suco com cianeto e estavam mortos lado a lado como se estivessem quase abraçados. Ele já examinara os documentos inúmeras vezes antes. Não encontrou nada de novo.

Mihara tentava imaginar a posição de Tatsuo Yasuda fazendo propositalmente com que terceiros testemunhassem a partida dos dois.

As investigações sobre a identidade dos passageiros dos voos foram concluídas três dias depois.

Não havia um nome falso sequer. Cada um dos passageiros dos três voos era real, exatamente como constavam na lista.

"Eu embarquei nesse voo. Posso lhe garantir", foi a resposta dada pelas 143 pessoas.

Mihara arregalou os olhos, espantado. Mais uma vez ele segurou a cabeça com as mãos, angustiado.

12.
A carta de Jutaro Torigai

1.

Caro inspetor assistente Mihara,

Perdoe-me pela longa falta de notícias. Três meses se passaram desde que nos encontramos em Hakata e foi indelicadeza de minha parte não lhe escrever antes. Agradeço sinceramente a sua longa carta, que recebi de surpresa recentemente. Junto com meu pedido de desculpas, agradeço sua amabilidade.

Como o tempo voa! Quando nos encontramos pela primeira vez era início de primavera e um vento frio ainda soprava pelo mar de Genkai, mas agora já estamos em meados de maio e transpiramos ao andar sob o sol. O Festival Dontaku, famoso em nossa região, ocorreu com muita animação no início deste mês, como em todos os anos, e costuma-se afirmar que seu término assinala a chegada do verão na região. Aproveitando, gostaria de convidá-lo, caso tenha um tempo livre, para vir a Hakata assistir ao festival.

Pelo que li em sua carta, você, como sempre, parece estar lidando com um caso complexo. Ao mesmo tempo que me envergonho da minha preguiça devido à idade avançada, não posso deixar de sentir inveja de sua devoção ao trabalho. Sinto-me um pouco desapontado por não ser mais jovem e viver no interior na minha velhice. Ah, estou divagando.

Lembro de ter feito uma modesta investigação por conta própria sobre o suicídio do casal descoberto na praia de Kashii na manhã de 21 de janeiro, a despeito dos olhares frios de todos os veteranos do posto policial. Fiquei ao mesmo tempo chocado e feliz ao saber que em suas mãos o caso está se revelando maior do que se poderia esperar. Sou-lhe muito grato por ter me posto a par em detalhes do desenrolar posterior dos acontecimentos.

Bem, pela leitura detalhada de sua carta, eu me dei conta de todo o esforço que você despendeu no caso. Você me pede gentilmente alguma boa ideia, mas a um cérebro senil como o meu não ocorre nenhuma que seja relevante, e só posso expressar meu respeito pelo seu entusiasmo.

É desnecessário dizer que um investigador deve ter por convicção se empenhar ao máximo, jamais abandonar um caso. Talvez você se questione sobre o porquê de eu lhe dizer algo tão óbvio, mas aproveitando sua amabilidade peço sua complacência para com este idoso.

Nos vinte longos anos em que trabalhei na polícia, estive encarregado de inúmeros incidentes espantosos até para mim. Felizmente minha carreira foi tranquila, mas ainda assim não são poucos os casos que continuam sem solução. Hoje, quando faço um exame de consciência sobre as investigações, em muitos deles eu gostaria de ter adotado uma abordagem diferente. Não me esforcei o suficiente em nenhum caso. Com mais perseverança, talvez eles tivessem sido solucionados e lamento muito por isso. Faltou apenas uma dose maior de persistência.

Deixe-me lhe dar um exemplo de um caso inesquecível para mim. Vinte anos atrás, o corpo em decomposição de uma idosa foi encontrado em Hirao, subúrbio de Fukuoka. As marcas de corda no pescoço indicavam que ela havia sido estrangulada. Porém, a descoberta do corpo foi por volta de maio. Segundo o laudo do médico-legista, mais de três meses teriam decorrido desde a morte. Apoiava essa conclusão o fato de o cadáver estar vestindo um grosso casaco de algodão de inverno.

No entanto, o meu principal suspeito era um homem que se mudara em abril de Taiwan para perto da casa da vítima. Em outras palavras, em janeiro, fevereiro e início de março, épocas de frio que necessitavam de um grosso casaco de algodão, o suspeito estava em Taiwan (a vítima morava em uma casa isolada na montanha e não mantinha contato cotidiano com os vizinhos, logo, mesmo que tivesse sido assassinada em fevereiro e ninguém a tivesse visto depois, a data da morte se mostrava razoável). Eu estava seguro de que o homem regressado de Taiwan, o meu alvo, era o culpado. Porém, devido à discrepância entre a morte, que ocorrera três meses antes, e a mudança do suspeito, um mês antes, não me foi possível chegar a uma decisão e o caso terminou inconcluso.

Quando penso agora, esse médico-legista tinha o hábito de estender o período estimado da morte. Aparentemente é difícil determinar a data do falecimento quando o cadáver está em decomposição, e alguns médicos podem definir um prazo mais longo, outros, mais curto. No linguajar atual esse hábito é conhecido como "erro pessoal", eu acho. Esse médico em particular era do tipo que costumava estimar um período mais longo. E a idosa estar vestindo um casaco de algodão sem mangas serviu como material para a sua avaliação.

Mesmo no início de abril há dias frios. Quando uma "frente fria" — também no novo linguajar atual — se aproxima, traz consigo dias de um frio fora de época. A idosa teria sido assassinada em um desses dias friorentos em que talvez tenha tirado de dentro do armário seu casaco de algodão sem mangas para vesti-lo. É um hábito comum a pessoas de idade. O fato de estar usando um casaco não implicava necessariamente que era inverno. Poderia ter sido em abril. Em outras palavras, o crime poderia ter sido cometido pelo meu suspeito.

Porém, quando refleti sobre isso muito tempo depois já era tarde. Arrependo-me amargamente de não haver ponderado isso vinte anos atrás. Na época, se tivesse insistido um pouco mais teria tido uma ideia, mas fui influenciado pelo laudo do médico e o casaco de algodão sem mangas.

Ocorreu-me esse exemplo, apenas um dos muitos que eu poderia citar. Carrego comigo diversos arrependimentos parecidos.

2.

Em resumo, se de alguma forma você estiver convencido de que esse homem cometeu o crime, você deve continuar tentando provar isso. Por vezes o ser humano, sem perceber, deixa noções preconcebidas ofuscarem algo óbvio. Isso é perigoso. Muitas vezes esse senso comum se torna crônico e cria pontos cegos. Mesmo o senso comum estabelecido deve ser rompido e examinado no curso de uma investigação.

Do que você me escreveu, fiquei muito interessado em como essa pessoa chamada Tatsuo Yasuda fez terceiros testemunharem a partida de Sayama e Otoki na estação de Tóquio. Pelo que você explicou, esse Yasuda deve ter alguma relação importante com essa história de duplo suicídio. Conforme você imagina, ele com certeza estava naquela noite na praia em Kashii, desempenhando algum papel.

O que me vem à mente é que na noite de 20 de janeiro, quando o incidente ocorreu, dos dois casais que desembarcaram, um na estação de Kashii da ferrovia nacional e outro na estação Nishitetsu Kashii, um era formado por Sayama e Otoki, e o outro não seria Yasuda e alguma mulher? Esses dois casais desembarcaram praticamente no mesmo horário e se dirigiram para a praia onde o incidente ocorreu.

A minha dúvida é qual o papel desempenhado pela companheira de Yasuda. Em outras palavras, se ele tinha algum plano relacionado ao suicídio do casal, qual a necessidade de envolver nele uma mulher? Ou seja, pode-se dizer que era preciso que ele e essa mulher estivessem unidos para que o plano se concretizasse.

O que foi isso, afinal? Depois de receber sua carta, fui mais uma vez à praia em Kashii. Optei por ir à noite. Ao contrário da época do incidente, agora um vento frio agradável está soprando. Talvez devido ao tempo bom, havia vários casais passeando pela praia. As luzes da cidade estavam distantes, e os casais formavam apenas sombras escuras. É um local perfeito para os jovens. Ah, essa foi uma maneira de falar inocente de um idoso, mas o que desejo mesmo dizer é que na noite de 20 de janeiro os dois casais — Sayama e Otoki, e Yasuda e a mulher — caminhavam também pelos arredores, como essas sombras escuras. Além disso, se a distância entre eles fosse de seis ou sete metros, a escuridão não permitiria que notassem a presença um do outro. Infelizmente, isso é tudo o que tenho para informar no momento. Apenas vagas sensações.

Em seguida, você me pediu para investigar a estalagem onde Yasuda se hospedou na noite do dia 20. Tentei de várias formas, mas como já decorreu bastante tempo, muita gente se registra com nome falso e alguns ignominiosos se recusaram a me mostrar os registros, no momento não tenho pistas. Continuarei tentando, mas a situação é quase desesperadora.

Outra ideia me ocorreu. Até o momento eu acreditava piamente ser Otoki a dona da voz feminina que ligou na noite do dia 20 para a estalagem de Sayama, mas não poderia ser a acompanhante de Yasuda? Claro que não tenho qualquer evidência. É apenas uma suposição, mas se Yasuda teve contato com Sayama e sabia que ele se registrara com o nome falso "Sugawara", não seria nada demais que sua companheira telefonasse e pedisse para falar com o sr. Sugawara, não acha? Não precisava ser necessariamente Otoki.

Se avançarmos um pouco nessa minha suposição, talvez não tenha sido Otoki, sua parceira de suicídio, a pessoa que

Sayama esperou durante uma semana na estalagem em Hakata, mas inesperadamente essa mulher misteriosa? Sendo assim, podemos entender, como você sugeriu, que Otoki não acompanhou Sayama até Hakata, tendo desembarcado no meio do caminho, em Atami ou Shizuoka. Em outras palavras, não se poderia pensar que o papel de Otoki fora tão somente acompanhar Sayama no trem que partiu da estação de Tóquio e viajar até metade do caminho com ele? Se pensarmos assim, teremos uma razão para Yasuda fazer com que terceiros testemunhassem o embarque de Sayama e Otoki no mesmo trem. Yasuda não desejaria que vissem os dois futuros suicidas partindo de Tóquio felizes como dois pombinhos? Por algum motivo. Também nesse caso não tenho evidências e gostaria de refletir mais a fundo.

Se essa minha suposição estiver correta, a questão é onde esteve Otoki, que desembarcou em Atami ou Shizuoka, até se suicidar na noite do dia 20 na praia de Kashii em Kyushu. Se descobrirmos a resposta, teremos um embasamento para essa suposição. De que Otoki não acompanhou Sayama até Hakata é prova suficiente o recibo do restaurante do trem para "uma pessoa", retirado do bolso do cadáver de Sayama. Exatamente como expliquei em detalhes minha tola ideia quando você nos visitou.

Conforme você mencionou em sua carta, se for uma condição absoluta que Tatsuo Yasuda tenha estado na noite do dia 20 no local do incidente na praia de Kashii, não teria como chegar em Sapporo no dia 21 pelo Marimo. Se não há evidências de que ele embarcou num avião, temo que haja em algum lugar um lapso de bom senso. É exatamente como na minha história do "casaco de algodão sem mangas". Peço que você continue insistindo.

Peço desculpas por ter me deixado levar pela alegria de receber sua carta depois de tanto tempo e me alongado em divagações. Fico envergonhado de ter misturado em minha carta os devaneios de um idoso. Ao contrário de alguém perspicaz como você, sou um velho acabado e chego a suar ao expressar minhas tolas opiniões. Perdoe-me, por favor. Se houver algo em Fukuoka em que eu lhe possa ser útil basta me falar. Farei o que estiver ao meu alcance para colaborar.

Torço para que esse incidente complexo seja resolvido o quanto antes graças ao seu esforço pessoal. Quando tiver um tempo livre, venha passear em Kyushu.

Jutaro Torigai

3.

Mihara estava exausto. Sentia-se cercado por muros. Impossível pôr abaixo qualquer um deles.

Com a longa carta de Jutaro Torigai no bolso, saiu da agência e foi até o café habitual.

Passava um pouco do meio-dia e o estabelecimento estava lotado. Quando procurava por um assento vazio, uma moça o chamou.

— Tem um aqui, venha.

A jovem estava sentada sozinha tomando chá. Apenas o assento oposto em sua mesa estava livre. Mihara se sentiu um pouco constrangido em compartilhar a mesa com uma cliente desconhecida. Sentado na borda da cadeira, ele tomava seu café inquieto. Estava consciente de sua fisionomia abatida.

Sem dúvida a carta de Jutaro Torigai servira para trazer um pouco de alento ao seu coração deprimido. No entanto, ainda não chegara ao ponto de lhe insuflar coragem. As sugestões nela contidas eram muito abstratas.

Realmente, a ideia de que dois casais, na noite do dia 20, desembarcaram nas estações de Kashii era interessante por ter introduzido uma nova mulher misteriosa. Contudo, como o próprio Torigai mencionara, não havia qualquer evidência. Talvez esses dois casais tivessem desembarcado por acaso nas diferentes estações no mesmo horário e não estivessem relacionados. Ou podia ser que Sayama e Otoki tivessem desembarcado na estação de Kashii da ferrovia nacional e caminhado até a estação Nishitetsu Kashii quando foram vistos por testemunhas diferentes. O próprio Torigai mediu a pé a distância entre as duas estações e essa era uma grande probabilidade.

Mihara parecia não ter dúvidas de que Yasuda esteve presente no local dos suicídios e desempenhou algum tipo de papel no incidente. Porém, acrescentar ao caso uma misteriosa mulher lhe parecia um pouco exagerado. Sentia que seria complicado para Yasuda desempenhar mais de um papel. Não estava claro *qual era exatamente seu papel.* Mas ele tinha uma vaga ideia.

Por isso, a hipótese de Torigai de que a mulher que ligou para a estalagem de Sayama não era Otoki se baseava no pressuposto duvidoso de que as quatro pessoas desembarcando nas duas estações de Kashii fossem Sayama e Otoki, e Yasuda e uma mulher desconhecida.

Mais do que isso, Mihara se interessou pela opinião de Torigai de que Yasuda desejava que terceiros confirmassem na estação de Tóquio o relacionamento amoroso de Sayama e Otoki. Que necessidade haveria dessa confirmação? Em outras palavras, isso significava não haver na realidade um relacionamento amoroso entre os dois. Justamente por isso, era preciso fazer terceiros testemunharem que os dois embarcavam no mesmo trem juntos, para passar a impressão de que se relacionavam. Contudo, os dois se suicidaram nas vizinhanças da estação de Hakata, ponto final do mesmo expresso Asakaze. Não importava por que ângulo se analisasse, não havia dúvida de que tinha sido um duplo suicídio amoroso. E residia aí a contradição. Por que pessoas que não mantinham um relacionamento amoroso cometeriam suicídio juntas? Dava para ver a sombra de Tatsuo Yasuda se movendo dentro dessa contradição.

Havia a dúvida do porquê de Otoki ter desembarcado na metade do caminho, em Atami ou Shizuoka, mas não era nada conclusivo. Era algo que o velho detetive Torigai descobrira a partir do recibo para "uma pessoa" do restaurante do trem. Sua interessante teoria partia da sutil diferença psicológica existente entre homens e mulheres, mas isso também carecia de evidências. Tudo não passava de especulações. A intuição do veterano detetive era aguçada, porém também continha pontos frágeis. Ele sugerira investigar os movimentos de Otoki depois de ela ter desembarcado em Atami ou Shizuoka, só que no momento atual essa investigação seria complexa e talvez sem sentido.

Mihara chegou até esse ponto em suas reflexões enquanto tomava o café com o rosto franzido. Foi quando de repente sentiu a presença de alguém. Um rapaz se sentou na cadeira ao lado da moça.

— Ah, desculpe-me pelo atraso — ele disse.

O rosto da moça, até então com ar melancólico, se iluminou como se ganhasse vida subitamente.

— O que vai pedir?

A moça olhava animada o perfil do rapaz.

— Café — respondeu.

Depois de fazer o pedido ao garçom, o rapaz perguntou sorridente:

— Esperou muito?

— Bem, uns quarenta minutos. Só um café não durou muito, então pedi também um chá.

— Desculpe por isso. O ônibus demorou demais para chegar. Os horários daquela linha são irregulares. Às vezes chegam a atrasar vinte minutos do horário previsto — ele explicou se desculpando.

— Se é culpa do ônibus não há muito o que fazer — a jovem concordou alegremente e ergueu o braço delgado para ver as horas em seu relógio.

— Já vai começar. Vamos, beba logo seu café.

Mihara ouvia vagamente a conversa. Era o diálogo típico de um casal jovem. Durante o tempo que Mihara gastou acendendo um cigarro, o rapaz apenas tomou um gole do café que o garçom trouxera e se levantou do assento apressando a amiga.

Mihara se ajeitou na cadeira e relaxou. As xícaras usadas pelos clientes continuavam sobre a mesa. Em uma delas restava bastante de um líquido preto.

"O rapaz parece morar fora da cidade, num local bem incômodo, uma vez que os ônibus regulares não chegam no horário", Mihara pensou.

Ele imaginou algo inútil, sem relação com seus pensamentos.

Porém, na realidade não fora tão inútil. Mihara teve uma epifania. De repente, um lampejo lhe cruzou a mente.

"Talvez Yasuda tenha telegrafado a Kawanishi lhe pedindo para encontrá-lo na sala de espera da estação, e não para recepcioná-lo na plataforma, para o caso do voo se atrasar devido a condições meteorológicas!"

Mihara olhava, como que petrificado, uma pintura na parede.

Como Yasuda na realidade chegaria pelo Marimo, seria mais eficaz que Kawanishi o esperasse na plataforma. O fato de não ter pedido para fazê-lo era porque, devido à condição do tempo ou a problemas técnicos, poderia haver atraso de duas ou três horas no voo. Se ocorresse tal demora, ele não teria tempo para ir da estação de Sapporo até Otaru e pegar ali o Marimo. Se não embarcasse nele e Kawanishi viesse recebê-lo na plataforma, isso evidenciaria que não chegara no trem.

Sem dúvida calculando até isso, precavido como era, mandou o telegrama pedindo que "o aguardasse na sala de espera".

Os olhos de Mihara estavam radiantes.

"Descobri!", pensou. "Os pequenos estratagemas de Yasuda, ao contrário, parecem ter provado que ele de fato usou o avião!"

Mihara deixou o café em êxtase. O sol brilhava intensamente.

"Espere!", pensou. "De onde Yasuda mandou o telegrama?"

4.

Fosse como fosse, Mihara decidiu, antes de tudo, se concentrar na ida de Yasuda a Hokkaido.

Yasuda usou vários estratagemas na viagem, como se previsse que mais tarde seria investigado. Um deles foi o encontro com um funcionário público de Hokkaido no Marimo, mas o mais notável foi o pedido para Kawanishi ir ao seu encontro na estação de Sapporo. Segundo Kawanishi não havia nada tão urgente a ponto de chamá-lo até a estação. Então, de onde Yasuda teria enviado o telegrama em questão? Em Sapporo, Mihara ouviu de Kawanishi que ele havia jogado fora o telegrama. Não havia visto sequer a agência de telégrafo de onde fora enviado.

Na manhã do dia 21, Yasuda partiu de avião de Fukuoka. Então, poderia ter enviado da agência de telégrafo de Fukuoka, Hakata, ou do aeroporto de Itazuke. Não, não podia ser. Ele era um homem cauteloso e, prevendo que Kawanishi poderia ler a agência de despacho, devia tê-lo enviado de Tóquio. Se fosse assim, como havia uma hora de espera entre a chegada do voo a Haneda e a conexão para Sapporo, devia ter aproveitado esse tempo para enviar.

Porém, isso não fazia sentido. Chegando a Haneda ele saberia com certeza se o voo para Sapporo sairia no horário previsto. E se partisse no horário, sem dúvida poderia pegar o Marimo em Sapporo, o que eliminaria o motivo para pedir a Kawanishi para aguardá-lo na sala de espera. Sob pena de ser repetitivo, seria mais eficaz fazer com que Kawanishi fosse até a plataforma e o visse descer do Marimo.

Mihara abriu sua caderneta. De acordo com suas anotações, Kawanishi lhe havia dito o seguinte: "Recebi o telegrama enviado via regular por volta das 11h do dia 21".

Se ele foi recebido por volta das 11h do dia 21, levando em conta que a entrega por via regular de um telegrama entre Tóquio e Sapporo leva cerca de duas horas, fora despachado por volta das 9h. Nesse horário, Yasuda estava a bordo do avião que partira de Itazuke. Ele devia estar sobrevoando a província de Hiroshima ou Okayama. Seria impossível para ele enviar o telegrama de Tóquio.

E se ele tivesse enviado de Fukuoka? Considerando que o tempo de envio de um telegrama entre Fukuoka e Sapporo era de pouco mais de duas horas, se Yasuda o tivesse enviado antes das 8h, horário em que partiu de Itazuke, daria tempo para chegar às mãos de Kawanishi por volta das 11h.

"Então, Yasuda teria mandado o telegrama de Fukuoka?"

Ainda assim, Yasuda não teria feito algo tão imprudente, pois seria possível saber de que agência de telégrafo o envio aconteceu. De qualquer forma, a princípio, Mihara decidiu contatar o posto policial de Fukuoka e pedir para investigarem os telegramas despachados da cidade no dia 21.

Ao voltar à agência, Mihara informou ao inspetor sua ideia.

— Excelente. Você percebeu um ponto importante — o inspetor elogiou com o semblante sorridente. — Realmente. Com isso descobrimos a razão de Yasuda ter feito Kawanishi aguardar por ele na sala de espera. Vamos pedir à polícia de Fukuoka para investigar os telegramas. Mas, mesmo que Yasuda não tenha ele próprio telegrafado de Tóquio, pode ter pedido a alguém para fazê-lo.

— Com certeza — Mihara concordou. — Eu ia justamente dizer isso. Assim, gostaria de investigar também a agência de telégrafo de Tóquio.

— Ótimo. — O inspetor sorriu sorvendo seu chá. — Às vezes, quando você vai tomar café fora, volta trazendo ideias interessantes.

— O café fora do escritório deve combinar bem comigo — Mihara disse, também num tom leve.

— Mas de nada adianta saber que esse telegrama foi enviado de Tóquio, não? Teria sido algo normal. Se tiver sido enviado de Fukuoka, poderia provar que Yasuda estava na cidade naquela manhã, e isso seria relevante.

— Não — Mihara interrompeu. — Se foi enviado de Tóquio também é um dado interessante! Como nesse horário não haveria possibilidade de ser o próprio Yasuda a enviá-lo, ele com certeza pediu a alguém para fazê-lo. Quero saber quem é essa pessoa!

— Talvez um dos funcionários usados por ele!

— Isso não seria possível.

— Por que não?

— Porque Yasuda avisou que iria a Sapporo e partiu por volta das 14h do dia 20. Seria compreensível se o telegrama fosse enviado nesse dia, mas pareceria estranho pedir a alguém para enviá-lo no dia seguinte, 21, por volta das 9h! É da personalidade de Yasuda ser muito precavido até nos detalhes. Além disso, ele está bastante alerta para o fato de ser investigado posteriormente!

Essa foi a conversa entre eles.

Porém, alguns dias depois, os detetives encarregados da investigação relataram que, na data indicada, nenhum telegrama semelhante fora despachado das agências de telégrafo de Tóquio.

O relatório do posto policial de Fukuoka foi semelhante. As agências de telégrafo de Fukuoka e Hakata tampouco haviam despachado algum telegrama.

O queixo de Mihara caiu.

— Um telegrama que não é despachado não chega. De onde o sujeito o enviou, afinal?

5.

Mihara voltou a socar a própria cabeça.

— Que tolice a minha. Deveria ter verificado a agência receptora.

Esse incidente parecia ter enrijecido seu cérebro.

Sem mais delongas, Mihara solicitou a investigação ao posto de polícia central de Sapporo. A resposta chegou no dia seguinte.

"Esse telegrama foi despachado às 8h50 do dia 21 de janeiro da estação Asamushi, na província de Aomori."

Nem Tóquio nem Fukuoka. Imagine só, fora enviado da estação de águas Asamushi, na província de Aomori. É uma parada antes da estação final Aomori, indo por trem expresso.

Mihara ficou surpreso.

Mas, pensando bem, não era tão inusitado assim. Afinal, ficava no caminho de quem fosse de Tóquio para Hokkaido. Ele notou o horário do despacho: 8h50. Pesquisando as tabelas de horários de trens, o expresso Towada que partira de Ueno estaria deixando a estação de Asamushi nesse horário.

"O telegrama foi enviado pelo condutor a pedido do passageiro", Mihara intuiu.

Towada, que passava por Asamushi na manhã do dia 21, não fora o trem no qual Yasuda dissera haver embarcado? Ele faz conexão com o Marimo em Hakodate por meio do ferry 17.

"Ah, então realmente Yasuda estava no Towada como ele declarara!"

Mihara não entendeu mais nada. Quanto mais investigava, mais provas apareciam para consubstanciar as declarações de Yasuda.

Enquanto Mihara segurava a cabeça com as mãos, o inspetor disse:

— Mihara, você acha mesmo que foi Tatsuo Yasuda quem mandou esse telegrama?

— Hein?

Mihara ergueu o rosto.

— Pense bem. Não foi você quem disse querer saber quem era essa pessoa?

Um substituto.

Mihara encarou o inspetor.

— Realmente. Entendi — Mihara disse, animado.

— É complicado alguém esquecer algo que falou. — O inspetor riu com ironia.

Mihara ligou de imediato para a divisão de condutores na estação de Ueno.

— Alô. Por favor, o condutor a trabalho no expresso Towada entre Sendai e Aomori pertence à divisão de condutores de qual estação?

— Ora, todos eles pertencem à *nossa estação*! — foi a resposta brusca.

Mihara pegou um carro da agência e se apressou para a estação de Ueno. Ele se encontrou com o chefe da estação.

— É o Towada, o 205, de 20 de janeiro deste ano, correto? Espere um pouco por favor.

O homem consultou a lista com os horários de trabalho.

— Foi Kajitani. Ele deve estar aqui agora. Quer que o chame?

— Sim, por favor.

Mihara esperou ansioso.

O condutor que foi chamado aparentava ter menos de trinta anos e um ar inteligente.

— Deixe-me ver. Não me lembro bem o teor do telegrama, mas realmente me pediram o envio de um telegrama para Sapporo, talvez a partir da estação Kominado, próximo a

Asamushi. Deve ter sido na manhã de 21 de janeiro. Não me lembro de ter enviado outros telegramas além desse nessa redondeza.

— Você lembra como era o passageiro que lhe fez o pedido?

Mihara esperava que o condutor se lembrasse de algo.

— Sim. Foi um passageiro do vagão-leito de segunda classe.

— Entendo.

— Lembro que era alto e magérrimo.

— Hein? Magro? Ele não era obeso?

Mihara estava alegre por dentro, mas perguntou para se certificar.

— Não, não era. Era bem esbelto!

A memória do condutor parecia voltar aos poucos.

— E ele estava acompanhado.

— Hã? Acompanhado?

— Eu sei, porque passei verificando as passagens. Ele me apresentou a dele junto com a do seu acompanhante. Este senhor parecia ser seu chefe. Tinha um jeito meio imponente! O homem magro parecia tratar esse outro com muita deferência.

— Então foi o subalterno quem lhe pediu o telegrama?

— Isso mesmo.

Ficou claro quem era o *substituto* de Tatsuo Yasuda. Não havia dúvidas de que esse homem era o chefe de divisão Ishida, do Ministério XX. O subordinado era algum oficial que o acompanhava na viagem.

Mihara tirara conclusões precipitadas. Acreditara categoricamente que Ishida viajara a serviço para Hokkaido sozinho. Realmente, quando se é do alto escalão de um ministério, é natural ter a companhia de um oficial.

Mihara foi até o Ministério XX para verificar secretamente o nome do acompanhante de Ishida em sua viagem a Hokkaido em 20 de janeiro.

Soube que foi "Kitaro Sasaki". O mesmo homem que por ordem de Ishida visitara o inspetor Kasai alguns dias antes para confirmar que Tatsuo Yasuda estava no Marimo.

Mihara voou para Aomori no dia seguinte.

Ele verificou todos os manifestos de passageiros do ferry entre Aomori e Hakodate em 21 de janeiro.

Encontrou os nomes de Ishida e de Tatsuo Yasuda. Porém, não havia em lugar nenhum o nome de Kitaro Sasaki. Ficou claro que Sasaki embarcara no ferry usando o nome de Tatsuo Yasuda.

O muro sólido que se erguia diante de Mihara desabou. Ele finalmente conseguira alguma vitória!

Agora ele precisava descobrir como a caligrafia de Yasuda constava no manifesto de passageiros. Tendo chegado até ali, isso não seria difícil.

13.
Relatório de Kiichi Mihara

1.

Caro Jutaro Torigai,

O calor está abrasador. Andar sob esse sol quente provavelmente fará com que a sola dos sapatos grude no asfalto. Quando volto para casa do trabalho, quero logo tirar toda a roupa, tomar um banho de água fria e depois beber uma cerveja supergelada. Lembro quase com saudades o dia em que você me levou até a praia de Kashii, onde meu corpo tremeu ao sentir o vento frio vindo do mar de Genkai.

Há tempos não tinha tanta tranquilidade para escrever uma carta como agora. Nós nos encontramos pela primeira vez em Hakata em fevereiro deste ano. Sete meses se passaram desde que eu ouvi sua história enquanto o vento do mar de Genkai me fazia tremer. Olhando para trás, pode parecer pouco tempo, mas eu fiquei totalmente concentrado na investigação do caso, incapaz de descansar um dia sequer. Hoje a sensação de paz que me invade é como a de raios de sol de início de outono. Deve ser porque o caso foi concluído. Quanto mais complicado é um caso, maior a sensação especial de relaxamento quando ele é solucionado. Ah, sinto estar falando algo óbvio a um veterano como você. Porém, essa sensação de missão cumprida me incentivou a lhe escrever. É meu dever para com você. E também é um prazer para mim.

Eu lhe escrevi antes expressando que minha maior dúvida era em relação à ida de Tatsuo Yasuda para Hokkaido. Você respondeu me incentivando gentilmente a persistir. Sou muito grato por isso. Impossível expressar o quanto suas palavras me serviram de encorajamento.

Finalmente consegui pôr abaixo a alegação firme como aço de Tatsuo Yasuda de que no dia 20 de janeiro partiu de Ueno no expresso Towada, atravessou para Hakodate no ferry 17, embarcou no Marimo e no dia seguinte, 21, chegou a Sapporo às 20h34. Não foi fácil demolir essa muralha sólida erguida diante de mim, uma vez que Yasuda tinha se encontrado com um funcionário público de Hokkaido dentro do Marimo, alguém fora recepcioná-lo na estação de Sapporo no horário de chegada e havia no manifesto de passageiros do ferry um formulário preenchido com a sua caligrafia. Eram evidências em demasia. Dessas, a mais difícil era o manifesto de passageiros.

Por outro lado, a hipótese do avião não prosperou. O nome de Yasuda não constava sob nome falso em nenhum dos três voos, de Tóquio para Fukuoka, ida e volta, e de Tóquio para Sapporo. Os 143 passageiros, no total dos três voos, foram identificados e confirmaram haver embarcado em algum deles. A menos que Yasuda fosse um fantasma, ele não esteve a bordo de nenhum voo. Isso também tornava incontestáveis as suas declarações.

Em outras palavras, tanto a *presença* dele no trem rumo a Hokkaido quanto sua *ausência* nos aviões ficaram estabelecidas.

No entanto, como estranhei o fato de Yasuda ter indicado a sala de espera como o local onde a pessoa deveria ir recebê-lo e imaginei que o fizera com receio de um possível atraso do voo (vindo de avião, Yasuda poderia embarcar no Marimo em Otaru), fui procurar saber de onde ele enviara o telegrama. Ele fora enviado na manhã do dia 21 por um passageiro do Towada que o solicitou ao condutor quando o trem estava nas proximidades de Asamushi. O condutor se lembrava do passageiro solicitante. De acordo com sua descrição, era o chefe de divisão Ishida do Ministério XX, acompanhado do oficial Kitaro Sasaki. Foi Sasaki quem entregou o texto do telegrama ao condutor.

Então me veio uma luz. No manifesto de passageiros do ferry constava o nome de Ishida, mas não o de Kitaro Sasaki. O oficial Sasaki sem dúvida deve ter entregado o formulário preenchido de Tatsuo Yasuda ao embarcar no ferry. Foi descuido nosso não perceber que houvera um acompanhante. Só mais tarde, ao interrogarmos o oficial Sasaki, ele confessou que Yasuda já tinha o formulário do manifesto de passageiros do ferry preparado seis meses antes.

Assim como nos formulários para pedidos de telegrama nas agências de telégrafo, quando se embarca no ferry em Aomori, no guichê de recepção há dezenas de formulários de registro de passageiros, e qualquer um pode pegar à vontade quantos desejar. Yasuda pedira a Ishida para que um de seus subordinados lhe trouxesse alguns formulários quando viajasse a serviço para Hokkaido. Ele escreveu seus dados e o entregou de volta a Ishida. Mais tarde explicarei a relação entre Yasuda e Ishida, mas o truque para o nome ter a caligrafia de Tatsuo Yasuda, que tanto nos deixou perturbados, foi simples assim.

A ida de Yasuda para Hokkaido foi, desse modo, eliminada. Em seguida, havia o manifesto dos passageiros dos aviões, que eu percebi ser justamente o inverso dos do ferry. Uma vez comprovada sua *ausência* no trem, era preciso provar sua *presença* nos aviões.

Examinamos mais uma vez os 143 passageiros dos aviões. Entre eles, pesquisamos sua ocupação conforme indicada nas listas. Tínhamos um objetivo. Reduzimos o total para cinco ou seis pessoas. As com ocupações mais profundamente relacionadas ao Ministério XX, ou seja, comerciantes com bom trânsito. Quando as pressionamos com mais vigor, três delas acabaram confessando.

De Tóquio para Fukuoka, o sr. A, de Fukuoka para Tóquio, o sr. B, e de Tóquio para Sapporo, o sr. C. Eles, na realidade, não estavam a bordo nos voos. Eles não poderiam *negá-lo* para sempre, porque uma hora as investigações descobririam a verdade. Os três confessaram haver recebido secretamente um pedido do chefe de divisão Ishida e emprestado seu nome.

"Um dos nossos oficiais deve viajar em segredo num serviço do governo. Se porventura depois vocês forem questionados pela polícia, por favor, respondam que estavam sem dúvida a bordo. Isso não causará nenhum transtorno a vocês."

Ishida os orientou dessa forma. Havia algum tempo que o escândalo de corrupção havia estourado e os três acharam que os oficiais estariam se esforçando em abafá-lo. Por serem comerciantes regulares eles sabiam como essas coisas funcionavam. De fato, mais tarde Ishida lhes concedeu algumas benesses comerciais.

Tatsuo Yasuda viajou em voos de ida e volta entre Tóquio, Fukuoka e Sapporo utilizando os nomes de A, B e C. Se ele não utilizou um nome único foi porque seus movimentos ficariam muito explícitos e seriam descobertos quando mais tarde os manifestos de passageiros fossem examinados. Ele tinha sempre em mente a possibilidade de uma investigação posterior e se precaveu de todas as formas.

Assim, sua ida a Hokkaido foi destruída e a ida a Hakata, comprovada. Restava apenas uma questão. O porquê de duas garçonetes do Koyuki terem testemunhado que Kenichi Sayama e Otoki, que trabalhava no mesmo restaurante que elas, tinham embarcado juntos no expresso Asakaze das 18h30 em 14 de janeiro. Não, é um equívoco dizer que elas testemunharam. Elas visivelmente foram *levadas* a testemunhar por Yasuda.

Não há provas do tipo de relação existente entre os dois. Otoki era uma mulher inteligente e, segundo as garçonetes do Koyuki, parecia haver alguém de quem gostava, embora elas ignorassem quem era. Elas não disseram isso apenas para protegê-la, mas aparentaram realmente desconhecer. Por outro lado, ouvimos que Otoki recebia em seu apartamento telefonemas de homens, mas nunca levou algum parceiro até lá. Em resumo, ela teria um amante secreto cuja identidade ignoramos. Claro que após o duplo suicídio em Kashii, todos pensaram que esse homem seria Kenichi Sayama.

Porém, havia algo misterioso ali.

2.

Por que Yasuda precisava que terceiros testemunhassem os dois amantes partindo juntos? Sua intenção seria provar que os dois haviam com certeza embarcado no Asakaze rumo a Kyushu?

No entanto, qual o motivo de ter sido especificamente o Asakaze? Qualquer trem indo para Kyushu serviria. Uma vez que os dois se suicidaram em Kyushu não havia dúvidas de que eles foram até lá. Então, a razão era outra.

Yasuda desejava mostrar a outras pessoas o momento em que Sayama e Otoki embarcaram juntos no trem. Por isso deve ter se esforçado para levar as testemunhas até a plataforma. Ou seja, ele desejava que alguém confirmasse que Sayama e Otoki eram namorados.

Uma história estranha. Que necessidade haveria de fazer com que outras pessoas reconhecessem que os dois tinham um relacionamento?

Após muito refletir, cheguei à conclusão paradoxal de que Sayama e Otoki *não eram namorados*. Tinha de ser isso, pensei.

Justamente por não serem namorados, Yasuda precisava que outras pessoas comprovassem que eles eram.

A propósito, admiro sua perspicácia por ter duvidado, a partir do recibo do restaurante do trem, de que Sayama tivesse vindo sozinho a Hakata. Sua suspeita ao constatar que o recibo era de "uma pessoa" e a conversa sobre a psicologia de namorados de sua filha foram muito elucidativas. Realmente Otoki desembarcou na metade do caminho e apenas Sayama foi para Hakata. Concluí que os dois não eram namorados.

Yasuda era um cliente regular do Koyuki e devido a suas relações comerciais convidava seus clientes para o restaurante. Sayama não ia ao Koyuki, mas conhecia Otoki. Provavelmente sem ninguém saber Yasuda deve ter se encontrado com Sayama e Otoki algumas vezes. Por serem conhecidos, os dois conversaram entre si ao embarcar no trem. Alguém de fora com certeza pensaria que eram um casal de namorados partindo alegremente para uma viagem juntos. Yasuda almejava isso.

Portanto, foi Yasuda quem planejou de forma que os dois embarcassem no Asakaze. Isso não seria difícil para alguém poderoso como ele.

Bem, aqui Yasuda se deparou com um problema. Ele desejava mostrar a cena às garçonetes, mas sem algum motivo para ir à plataforma 15, não poderia levar as testemunhas até próximo do Asakaze. Seu objetivo era fazer com que tudo parecesse fortuito. A plataforma 15 era a das partidas de trens de longa distância. Pareceria suspeito levar as duas até lá sem razão aparente. Era preciso observar de outra plataforma. O mais natural e que não despertaria suspeitas seria utilizar a plataforma 13 (linha Yokosuka) dos trens com destino a Kamakura, que ele tomava com frequência para visitar a esposa.

Mas ele estava em apuros. Da plataforma 13 era impossível ver o trem na plataforma 15. Entre elas costuma haver trens chegando e partindo que obstruem a visão. Escrevi anteriormente sobre isso. Depois de muito esforço, ele descobriu que, durante o dia, estando na plataforma 13, nos quatro minutos entre 17h57 e 18h01, se podia ver o trem indo para Kyushu no seu tempo de espera. Eram quatro minutos valiosos. Um tempo muito importante de fato.

Escrevi antes que não importava qual trem o casal pegasse para Kyushu, mas surgiu a necessidade premente de ser o Asakaze com partida às 18h30. Yasuda precisava embarcá-los nesse trem expresso a qualquer custo. Os outros trens com destino a Kyushu teriam a visão bloqueada. Yasuda foi genial ao descobrir esse intervalo de quatro minutos para não despertar desconfiança nas testemunhas. Poucos funcionários da estação de Tóquio devem ter percebido esse intervalo de quatro minutos.

Dessa forma, entendi que a partida de Sayama e Otoki fora arquitetada por Yasuda. Porém, havia algo estranho: os dois terem se suicidado na praia de Kashii seis dias depois. Eles tomaram suco com cianeto e morreram quase abraçados. O laudo cadavérico e a situação no local do ocorrido (eu vi apenas as fotos) indicavam visivelmente o caso de um duplo suicídio amoroso.

Isso é algo incompreensível. Por que razão duas pessoas que não são namorados se suicidariam juntas? Mesmo que Yasuda os instruísse a fazê-lo, eles não seriam tão tolos a ponto de aceitar dar fim à própria vida. A realidade do duplo suicídio destruía qualquer suposição de que os dois não estavam apaixonados um pelo outro. De fato, só se podia pensar que o amor entre eles era profundo a ponto de decidirem partir desta vida juntos. Era impossível resolver essa contradição.

Contudo, uma vez que se descobriu que Yasuda tramou a partida dos dois, a hipótese do suicídio na praia de Kashii se tornou incoerente. No entanto, é inegável que as mortes ocorreram. Por mais que eu refletisse, não podia resolver a inconsistência entre a partida contraditória e a conclusão.

Porém, na medida em que a partida foi uma instrução de Yasuda, presume-se que ele também tenha participado desses suicídios. Por mais vaga que fosse, nunca pude evitar essa intuição. Mesmo quando investigava sua viagem a Hokkaido, eu continuava convicto de que havia a sombra dele no local do duplo suicídio em Kashii. Desconhecia qual seria o seu papel. Custo a crer que ele os tivesse hipnotizado para que cometessem o suicídio. Ninguém em sã consciência se suicidaria porque Yasuda assim o ordenou. Apesar de desconhecer o motivo, persisti em minha convicção de que ele estava no local na noite dos suicídios.

Felizmente, colocamos abaixo a ida de Yasuda a Hokkaido e conseguimos provar que ele viajou a Hakata no voo da Japan Airlines partindo de Haneda às 15h do dia 20 de janeiro, chegou ao aeroporto de Itazuke às 19h20 e, por volta das 21h da mesma noite, horário dos suicídios, estava presente na praia de Kashii. Porém, quando tentei ligar Yasuda à morte dos dois, me vi num impasse como se tivesse me chocado contra um muro. Por mais que tentasse, não conseguia fazer nenhuma dedução. Segurei minha cabeça entre as mãos.

Em um desses dias em que eu estava angustiado, fui até um café. Eu adoro café. O inspetor costuma zombar de mim por isso, mas eu estava me sentindo tão miserável que resolvi dar uma volta. Em geral vou ao meu café predileto em Yurakucho, só que, como chovia, nesse dia entrei pela primeira vez em um próximo, em Hibiya.

Esse estabelecimento tem dois andares. Quando pensei em abrir a porta, uma jovem surgiu e esbarramos um no outro. Meu lado cavalheiresco falou mais alto e eu lhe abri passagem. Uma linda jovem vestindo uma capa de chuva de cor vívida. Ela sorriu discretamente, fez uma ligeira vênia e, entrando primeiro, entregou seu guarda-chuva a uma garçonete que estava perto da escada. Entrei em seguida e, quando pensei em também dar meu guarda-chuva à garçonete, esta, achando que eu e a moça estávamos juntos, amarrou os dois com um cordão e me deu uma plaquinha com um número para retirá-los depois. A moça enrubesceu levemente e eu me apressei em dizer à garçonete "Não, você se enganou. Não estamos juntos. Você precisa dar um número para cada um de nós!".

Ela se desculpou, separou os dois guarda-chuvas que estavam amarrados juntos e providenciou duas plaquinhas.

3.

Talvez você ache que estou escrevendo algo irrelevante por estar feliz de ter sido confundido com o acompanhante de uma linda moça, mas, na realidade, por conta desse acontecimento fortuito, tive uma súbita epifania. Eu me espantei. Senti um lampejo cruzar a mente. Fui ao andar superior e demorei a perceber quando o café que pedi chegou!

A garçonete nos confundira com um casal por termos entrado juntos no café. É algo natural. Qualquer pessoa, a princípio, pensaria da mesma forma. Por não saber as circunstâncias, ela *supôs* de imediato ao *ter nos visto entrar um após o outro no café*. Era isso. Tive uma luz!

Nós — e aqui me desculpo por incluir você e o pessoal de seu posto policial — acabamos por supor que se tratava de um duplo suicídio amoroso pelo fato de Sayama e Otoki estarem mortos um ao lado do outro. Eu agora entendi. *Eles morreram separados em locais diferentes*. Depois de mortos, os dois corpos *foram reunidos em um único local*. Provavelmente, alguém fez Sayama beber cianeto e ele caiu morto. Depois carregaram o corpo de Otoki — a quem também fizeram beber cianeto — e o colocaram ao lado do de Sayama. Sayama e Otoki eram dois pontos separados. Ao vermos esses pontos próximos um do outro, traçamos erroneamente uma linha entre eles para ligá-los.

Se um homem e uma mulher morrem quase abraçados um ao outro, imediatamente erramos ao reconhecer o incidente como um "duplo suicídio amoroso". Porém, isso não é algo a ser ridicularizado. Desde a antiguidade, centenas de milhares de casais foram encontrados mortos nessa condição. Ninguém duvidou disso. E sendo um suicídio passional, o exame da morte não é tão rígido quanto no caso de um homicídio, *não se começa sequer uma investigação*. Era isso que Tatsuo Yasuda almejava.

Você me mandou uma carta. Lembro-me de algo que você escreveu nela. "Por vezes o ser humano sem perceber deixa noções preconcebidas ofuscarem algo óbvio. Isso é perigoso. Muitas vezes esse senso comum se torna crônico e cria pontos cegos." Aconteceu exatamente isso. Um homem e uma mulher morreram juntos. "É óbvio, foi um duplo suicídio amoroso" é a noção preconcebida convincente que obscurece o cérebro. Mais do que isso, ela o cega por completo. Do ponto de vista do inimigo, o ponto cego surge desse senso comum crônico.

O criminoso nos enganou habilmente. Mas há ainda uma preocupação. Como desde o início Sayama e Otoki não mantinham um relacionamento amoroso, ele precisava de um fundamento para o "duplo suicídio amoroso". Tinha de dar a impressão de que estavam "apaixonados um pelo outro". Essa foi a razão de ele mostrar para as garçonetes do Koyuki na estação de Tóquio a partida dos dois em bons termos. Ele preparou até mesmo essa fundamentação. O criminoso não parou de se preocupar. Ele fez todos os preparativos meticulosamente. E com esforço descobriu o acurado intervalo de quatro minutos para o testemunho.

Ah, sim, a propósito, esse caso envolve, do começo ao fim, horários de trens e aviões. É como se estivesse soterrado por tabelas de horários. Yasuda teria algum interesse nelas? Eu tinha minhas dúvidas e não podia deixar de sentir que tudo teria sido planejado por alguém com um interesse especial em tabelas de horários de trem.

Deixando de lado, por enquanto, os meios que levaram Sayama e Otoki à morte, vamos analisar os horários.

Lembro-me vivamente de uma mulher. Ela tinha um especial interesse por tabelas de horários a ponto de publicar um ensaio sobre elas em uma revista. O ensaio estava carregado de sentimento poético, e o que para um amador pareciam números áridos e insípidos, era para ela mais instigante do que um romance. Das entrelinhas dos números surgiam ideias para poemas sobre a infinita sensação de viajar. Ela havia muito tempo estava acamada devido à tuberculose, e as tabelas de horários eram uma forma de diversão no seu leito de enferma, companheiras ilimitadas para sua vida, semelhantes à Sagrada Escritura, como se constituíssem um famoso livro clássico cuja leitura nunca enfadasse. Ela é a esposa de Tatsuo Yasuda e vive em convalescença em Kamakura. Seu nome é Ryoko.

De qualquer forma, dizem que pessoas com problemas pulmonares têm a mente patologicamente aguçada. Que pensamentos tinha Ryoko, a esposa de Yasuda, por trás de seu rosto pálido? Ou seria mais correto se perguntar que cálculos fazia? Era como se ela vivesse em um transe fazendo mentalmente combinações ilimitadas dos números, resolvendo-as e montando-as e, como se construísse um diagrama, traçando linhas verticais, horizontais, cruzando-as umas nas outras.

Ocorreu-me que todo o incidente pode não ter sido ideia de Yasuda, mas dela.

Neste ponto me vêm à mente os dois casais nas estações ferroviárias em Kashii. Um deles claramente era formado por

Sayama e Otoki. O outro não seria Yasuda e sua esposa? Era natural deduzir dessa forma. Mais tarde constatei que eu estava apenas metade enganado.

Você também mencionou em sua carta: "A minha dúvida é qual o papel desempenhado pela companheira de Yasuda. Em outras palavras, se ele tinha algum plano relacionado ao suicídio do casal, qual a necessidade de envolver nele uma mulher? Ou seja, pode-se dizer que era preciso que ele e essa mulher estivessem unidos para que o plano se concretizasse".

Concordo plenamente. Quando suspeitei que a mulher em questão fosse Ryoko, a esposa de Yasuda, decidi investigá-la.

Porém, ela estava acamada em convalescença. Mesmo que tivesse tramado o plano, poderia executá-lo? Em outras palavras, surgiu a dúvida se ela teria condição de viajar de Kamakura para Kyushu.

Fui até Kamakura e me encontrei com o médico dela. Ele me explicou que ela não ficava necessariamente todo o tempo acamada. Disse que por vezes ela ia a Yugawara visitar parentes. Quando lhe perguntei sobre os movimentos dela por volta de 20 de janeiro, descobri que ela estivera ausente de sua residência entre os dias 19 e 21. Foi possível saber isso checando seu prontuário. O médico visita Ryoko somente duas vezes na semana. Ele lhe fez uma visita no dia 22.

Nessa ocasião, Ryoko tinha febre e, ao ser perguntada sobre o que houvera, ela lhe informou: "Desde o dia 19 estava em Yugawara e retornei esta manhã. Acho que exagerei um pouco e me cansei".

"É isso!", pensei. Se ela tivesse partido na noite do dia 19 teria chegado no dia seguinte em Hakata. Ou seja, teria dado tempo de estar no local e horário dos suicídios. Ela mentira quanto a Yugawara. Imaginei que tivesse ido a Kyushu.

Depois disso, chamei secretamente a velha criada da casa de Ryoko e a pressionei. Por fim tomei conhecimento de que

Ryoko havia deixado Yugawara às 14h em um carro alugado com chofer.

Comecei a procurar pelo motorista que a conduziu.

4.

Ryoko combinara com esse chofer para levá-la até Yugawara. Porém, lá chegando, ordenou-lhe que fosse a Atami. Ele a deixou na porta da estalagem Kaifuso em Atami, retornando em seguida a Kamakura.

Fiquei exultante. É desnecessário dizer que fui de imediato para Atami investigar a Kaifuso. Com isso descobri a situação seguinte.

Fui informado de que Ryoko se encontrou com uma hóspede no quarto Kaede. Essa mulher chegou sozinha depois das 20h do dia 14 de janeiro e se hospedou por cinco dias. Pela idade e pelas características físicas, não restam dúvidas de que era Otoki. O nome no registro da estalagem obviamente era falso. Apesar disso, o nome usado foi "Yukiko Sugawara". Veja bem: Sugawara era também o nome falso usado por Sayama na estalagem Tanbaya em Hakata. Na entrada da Kaifuso, Ryoko pediu para ver Sugawara. Torna-se evidente que tudo fora combinado entre ela, Sayama e Otoki. Ou melhor, deve ter sido planejado por Ryoko. As duas mulheres jantaram juntas no quarto de Otoki e por volta das 22h deixaram a estalagem. Nessa ocasião, *Ryoko pagou as despesas de estadia de Otoki.*

Bem, a chegada de Otoki por volta das 20h30 do dia 14 deixa claro que ela desembarcara do Asakaze. O expresso chegou a Atami às 19h58, o que mostra que ela viajou de Tóquio no mesmo trem que Sayama, e desceu na metade do caminho. Portanto, a sua dedução em relação ao recibo para "uma pessoa" do restaurante do trem acertou no alvo.

Em seguida, as duas saíram da estalagem por volta das 22h do dia 19. Pensando em termos da tabela de horários dos trens, há o expresso Tsukushi rumo a Hakata, partindo de Atami às 22h25. Esse trem chega à estação final Hakata às 19h45 do dia 20.

Os horários casavam perfeitamente. Uma mulher telefonou por volta das 20h para a Tanbaya de Hakata, onde Sayama estava hospedado, não foi? Ou seja, elas ligaram para ele assim que desembarcaram do trem.

Descobri até aqui, mas então me vi num impasse. Quem tinha telefonado para Sayama, Otoki ou Ryoko? De início achei que tivesse sido Otoki, mas isso seria incoerente. Não havia nada entre Sayama e Otoki, e mesmo que ela lhe telefonasse, Sayama não atenderia. Durante uma semana ele esperara ansioso pelo telefonema em Hakata, por isso seria estranho que fosse Otoki. Era mais provável que tivesse sido Ryoko. Porque, na qualidade de esposa de Yasuda, ela poderia "representá-lo". Ou seja, Sayama esperava pela *vinda* de Yasuda. Por isso, quando soube que Ryoko viera no lugar do marido, ele se apressou em deixar a estalagem.

Quando Ryoko encontrou Sayama, ela lhe informou sobre o que mais o preocupava. Porém, primeiro ela o conduziu até a praia de Kashii. Desconheço o pretexto usado por ela, mas deve ter argumentado que era necessário manter segredo da conversa, motivo de ter escolhido um local deserto. A praia de Kashii estava havia algum tempo incluída no plano.

O que preocupava Sayama era o desenrolar do escândalo de corrupção. Como chefe de divisão adjunto, ele tinha conhecimento administrativo e estava prestes a ser investigado. Ishida o convencera a fugir para Hakata supostamente em "férias". Sendo ele o pivô da corrupção, estaria em sério perigo se Sayama fosse preso. Por isso, ele o persuadira a escapar para Hakata. Arranjara até para que ele tomasse o Asakaze no dia 14.

Ordenara-lhe que aguardasse na estalagem, pois Yasuda iria a Hakata e lhe daria mais instruções.

Sayama cumpriu obedientemente as ordens de seu superior hierárquico. Quem poderia criticá-lo? Ele temia que seu depoimento causasse transtornos ao chefe que sempre foi benevolente para com ele. Há muitos chefes de divisão adjuntos na situação dele. A ponto de haver até mesmo aqueles que se suicidam. A possibilidade de suicídio era o objetivo do criminoso nesse caso.

Ishida deve ter dito a Sayama que Yasuda daria um jeito de encobrir o caso e que ele deveria apenas acompanhar os acontecimentos. Sayama esperava ansioso a vinda de Yasuda. Em vez disso, foi Ryoko, sua "representante", quem apareceu. Sayama a conhecia de visitas à casa de Yasuda. Na realidade, acredito que Yasuda tenha chamado Sayama para a residência em Kamakura com a expressa intenção de fazê-lo conhecer a esposa.

Sayama e Ryoko desceram na estação Kashii da ferrovia nacional. Eles não sabiam que, logo em seguida, Yasuda e Otoki desembarcariam na estação Nishitetsu Kashii e seguiriam pelo mesmo caminho até a praia. Não, na verdade apenas Sayama não sabia. Ryoko estava ciente de tudo.

Ryoko conversou com Sayama. "O caso está sob controle, não se preocupe", anunciou e, como estava frio, lhe ofereceu uísque. Sayama adorava beber e, relaxando ao ouvir as palavras de Ryoko, tomou a bebida. O cianeto nela o fez cair morto. A garrafa com suco de fruta contendo o veneno foi deixada no local por Ryoko para encobrir o assassinato.

Yasuda veio logo depois. Ele acabara de chegar de Tóquio às 19h20 no aeroporto de Itazuke pelo voo da Japan Airlines e encontrou-se em algum lugar com Otoki. Eles devem ter combinado o local de encontro previamente. Ryoko deve tê-lo informado. Yasuda levou Otoki até a praia. A meio caminho, ela comentou "Que lugar deserto!", o que foi ouvido por um transeunte.

Nessa praia deserta e escura à noite, Yasuda deve ter feito Otoki beber uísque envenenado. Depois disso, ele pegou seu corpo e o colocou ao lado do de Sayama, que já estava morto. Ryoko estava de pé ali. Provavelmente o local onde Otoki foi assassinada deve ter sido a menos de vinte metros do de Sayama. Otoki não deve ter enxergado nada na escuridão.

Depois de matar Otoki, Yasuda deve ter chamado a plenos pulmões "Oi, Ryoko". E ela, de dentro da escuridão, deve ter respondido "Estou aqui!".

Carregando o corpo de Otoki, Yasuda caminhou, seguindo a voz da esposa, para o local onde o corpo de Sayama jazia. Que cena macabra!

Vamos analisar aqui os arredores do local. Acompanhado por você eu vi que se trata de uma praia repleta de rochas. Mesmo alguém carregando algo pesado não deixaria marcas de pegadas. Foi tudo muito bem calculado pelos criminosos. Provavelmente Yasuda conhecia havia tempos a praia de Kashii, e isso deve ter pesado em sua escolha do local dos assassinatos.

Os homicídios foram perpetrados e camuflados pelo casal em um duplo suicídio amoroso. Ryoko não apenas os planejou como participou de sua execução. Sem desconfiar de nada, Otoki obedeceu às instruções recebidas do casal Yasuda.

O estranho aqui é a relação entre Yasuda e Otoki. Pelo que eu descrevi, é possível imaginar que eles eram amantes. Mantinham a relação em estrito segredo, não a deixando ser revelada ao mundo exterior. A história deve ter começado com as visitas de Yasuda ao Koyuki. Otoki era a garçonete encarregada de servi-lo. Ele era o homem que por vezes ligava para seu apartamento e com quem ela passava noites fora.

Porém, a atitude de Ryoko é estranha. Por que haveria essa harmonia, com ela inclusive se encontrando com a amante do marido, que, por isso, era também sua rival, e tomando juntas um trem?

Compreendi subitamente a situação ao me dar conta de que fora Ryoko quem *pagara a despesa de estadia de Otoki* na estalagem em Atami. Ryoko sabia da relação de Otoki com o marido. Ela pagava inclusive uma *ajuda de custo mensal* à moça. Imagine que Ryoko estava enfraquecida pela doença e fora proibida pelo médico de manter relações conjugais com o marido. Ou seja, Otoki era a amante oficial aceita por Ryoko. É uma relação distorcida, que, para nós, é inimaginável, mas é comum na sociedade. Decerto era uma prática natural nos tempos feudais.

No plano inicial, eles devem ter pretendido fazer parecer que Sayama tivesse se suicidado sozinho. Porém, isso seria perigoso. Não haveria carta de adeus e um suicídio causaria suspeita. Eles pensaram então no "duplo suicídio amoroso". Nesse caso, os exames são menos rígidos e por vezes não há autópsia. Investigações não são realizadas. É uma maneira extremamente segura de se cometer um assassinato. A pobre Otoki foi a escolhida como parceira no duplo suicídio.

Yasuda não sentia particular afeição por Otoki, cuja existência lhe era irrelevante. Suas "necessidades fisiológicas" poderiam ser atendidas de muitas outras maneiras. Ryoko considerava Otoki um instrumento do marido e decidiu aproveitá-la no duplo suicídio amoroso, já que, no fundo, ela não simpatizava com a moça. Ryoko era uma mulher pavorosa, de mente calculista e sangue-frio. Ela cuidou dos detalhes, arrumando o quimono amassado do cadáver e trocando as meias sujas de terra por um novo par que levou intencionalmente, tudo para aparentar que Otoki se preparara para morrer.

Naquela noite, o casal pernoitou em Hakata. Yasuda voltou para Tóquio no primeiro voo da Japan Airlines na manhã seguinte. Ryoko regressou para Kamakura de trem.

A razão de Yasuda ter deixado um intervalo de seis dias para ir a Fukuoka após a partida de Otoki e Sayama no dia 14 foi agir com precaução para que não desconfiassem que ele deixara Tóquio logo após os dois. Na realidade, depois de partir no dia 14, ele apareceu duas ou três vezes seguidas no Koyuki. E com o rosto mais inocente do mundo, ouviu as garçonetes comentarem que Otoki viajara com o namorado. Ele desejava passar aos outros a impressão de que não tinha relação com o caso. Otoki também esperou por cinco dias na estalagem em Atami.

Dessa forma, Tatsuo Yasuda, por solicitação de Ishida, de quem era muito próximo, eliminou completamente o chefe de divisão adjunto Sayama e trouxe paz de espírito para o chefe de divisão. Não apenas para ele, uma vez que há muitos superiores hierárquicos de Sayama que se sentiram aliviados com sua morte. Ao mesmo tempo, Tatsuo Yasuda, o comerciante de máquinas, fez com que os chefes de divisão do Ministério XX contraíssem uma *dívida* enorme para com ele.

Os laços entre Yasuda e Ishida eram mais profundos do que alguém de fora poderia supor. Yasuda sem dúvida se empenhou com afinco para ampliar suas vendas para o Ministério XX. Houve, provavelmente, ofertas de entretenimento e presentes. Pode-se depreender isso do caráter de Ishida, que o colocou como forte suspeito no escândalo de corrupção. Atualmente, não havia fornecimento de grande volume de produtos pela empresa de Yasuda. Por isso, somente pudemos ver superficialmente a relação entre eles, mas Yasuda usou seu charme social natural visando aprofundar a relação comercial no futuro. Ele foi bem-sucedido até em criar uma relação pessoal secreta. Sabendo que Ishida estava angustiado por temer o seu envolvimento no escândalo de corrupção que se desenrolava, Yasuda tomou para si o papel de eliminar o chefe de divisão adjunto Sayama, que era o ponto-chave das investigações. Talvez tenha sido ele que sugeriu essa solução e persuadiu Ishida a aceitá-la.

Desde o início, não era intenção de Ishida *assassinar* Sayama. Porém, talvez ele quisesse, na medida do possível, levá-lo ao suicídio. Da mesma forma como acontecera com outras vítimas em casos similares.

Entretanto, isso foi impossível. Então, Yasuda tramou um assassinato disfarçado em suicídio. E para torná-lo ainda mais convincente, optou por um duplo suicídio amoroso. Afinal, em um suicídio simples há sempre a suspeita de que possa ser um assassinato, mas, quando ocorre juntamente com uma mulher, o temor de uma suspeita se dilui. Ele foi brilhante. Conseguiu com isso enganar os investigadores.

Ishida não fazia ideia de que Yasuda pretendia matar Sayama, supunha que o plano pretendia apenas forçá-lo a se suicidar. Enganado pelas palavras de Yasuda, arranjou a viagem a serviço para Hokkaido, obteve os formulários em branco do ferry entre Aomori e Hakodate, e tramou os passageiros falsos nos voos. Membros do alto escalão do ministério podem viajar a serviço livremente. É também fácil para eles serem acompanhados de algum oficial subordinado para lhes prestar suporte.

Quando, depois disso, foi informado de que "Sayama se suicidou juntamente com uma *mulher* ingerindo cianeto", Ishida deve ter empalidecido. Ele compreendeu que Yasuda fora o autor das mortes. A partir dali, acredito que Yasuda se tornou mais determinado e exerceu pressão sobre Ishida. Este deve ter se sentido intimidado. Deve ter sido instrução de Yasuda que ele mandasse o oficial Sasaki até a Agência de Polícia Metropolitana testemunhar sobre a viagem a Hokkaido. No final, isso serviu para cavar a sepultura do próprio Yasuda.

Yasuda perdera o interesse em Otoki e a usou como instrumento para assassinar Sayama. Ryoko, mais do que apenas "ajudar o marido", talvez tivesse interesse na morte de Otoki. Por mais que ela fosse a amante *oficial* do marido, isso não mudaria o sentimento de rivalidade feminino. Justamente por haver deixado de cumprir sua função física enquanto esposa, devia ter mais ciúmes do que o normal. Essa chama azulada parecendo fosforescente vivia dentro dela, esperando uma oportunidade para queimar. Mais do que Sayama, Otoki é a verdadeira vítima desse incidente. O próprio Yasuda não devia saber ao certo se sua intenção era matar Sayama para que Ishida contraísse uma dívida com ele ou se livrar de Otoki, que havia se tornado um fardo.

Tudo o que escrevi é baseado em minhas deduções e, a parte final, na carta de adeus deixada pelo casal Yasuda.

Sim, antes que os prendêssemos, o casal se suicidou em sua residência de Kamakura! Ambos beberam cianeto. E dessa vez não foi uma fraude.

Yasuda soube que estávamos atrás dele. Tirou sua vida junto com a esposa, cuja doença piorara. Apenas Ryoko deixou uma carta de adeus.

De acordo com a carta, eles morreram carregando o sentimento de culpa. Teria sido mesmo? Eu pessoalmente custo a acreditar que um homem tenaz como Yasuda se suicidaria. Penso que Ryoko, ciente de que seu fim estava próximo, criou um novo plano para levar o marido consigo. É bem típico de uma mulher como ela.

Devo admitir que fiquei aliviado pelo casal Yasuda ter morrido! Afinal, podemos afirmar que praticamente não existem provas materiais nesse caso. Todas são circunstanciais. Eu mesmo fiquei surpreso por termos conseguido obter um mandado de captura. É o tipo de caso que, se é levado a julgamento, o resultado é imprevisível.

A falta de provas se aplica também ao chefe de divisão Ishida do Ministério XX. Devido ao problema de corrupção, ele foi transferido para outra divisão e, pasme, ainda foi promovido. Parece uma idiotice, mas órgãos do governo são realmente estranhos. Pode ser que no futuro ele se torne secretário, vice-ministro ou até se candidate a senador. Fico com pena de seus subordinados, que trabalham diligentemente e foram usados como trampolim. Eles ficam exultantes ao se sentirem admirados pelos superiores, mesmo quando estão apenas sendo manipulados por eles. Chega a ser patética a sua vontade de "ascender na carreira".

Ah, sim. O oficial Kitaro Sasaki, que viajou para Hokkaido com Ishida e ajudou Tatsuo Yasuda, foi promovido a chefe de seção! Agora que o casal Yasuda morreu, não há nada que possamos fazer.

Todo esse caso me deixou um sabor amargo na boca. Mesmo relaxando hoje em casa, bebendo uma cerveja supergelada, não sinto o prazer de quando um caso é resolvido e o criminoso preso é enviado ao promotor.

Escrevi uma longa carta. Espero que não o tenha entediado.

Penso em tirar férias neste outono e, aceitando seu convite, ir passear com calma em Kyushu acompanhado de minha esposa.

Faço votos de que esta o encontre com boa saúde.

Atenciosamente,

Kiichi Mihara

Nota

Os horários de trens e aviões constantes no texto se basearam nas tabelas de horários de 1957, ano em que ocorreu o incidente.

Edição original japonesa publicada pela Kobunsha Co., Ltd, 1958. Obra reeditada em *Complete Works of Matsumoto Seicho*, v. 1, de Bungeishunju Ltd., 1971.
Esta edição em língua portuguesa foi publicada pela Todavia Editora S.A., sob licença exclusiva para o Brasil, concedida pela SN Kikaku, em acordo com a Bungeishunju Ltd., Tóquio, representada pela Tuttle-Mori Agency, Inc., Tóquio.

Grafia atualizada segundo o Acordo Ortográfico da Língua Portuguesa de 1990, que entrou em vigor no Brasil em 2009.

capa e ilustração de capa
Alles Blau
preparação
Karina Okamoto
revisão
Gabriela Marques Rocha
Ana Alvares

1ª reimpressão, 2026

Dados Internacionais de Catalogação na Publicação (CIP)

Matsumoto, Seichō (1909-1992)
O Expresso de Tóquio / Seichō Matsumoto ; tradução Jefferson José Teixeira. — 1. ed. — São Paulo : Todavia, 2025.

Título original: Ten to sen
ISBN 978-65-5692-893-7

1. Literatura japonesa. 2. Romance. 3. Ficção contemporânea. I. Teixeira, Jefferson José. II. Título.

CDD 895.6

Índice para catálogo sistemático:
1. Literatura japonesa : Romance 895.6

Bruna Heller — Bibliotecária — CRB-10/2348

todavia
Rua Fidalga, 826
05432.000 São Paulo SP
T. 55 11 3094 0500
www.todavialivros.com.br

fonte
Register*
papel
Pólen soft 80 g/m^2
impressão
Geográfica

FSC
www.fsc.org
MISTO
Papel | Apoiando o manejo florestal responsável
FSC® C019498